모든 것이 엉망이 되었을 때, 흔들림 없이 곁에 있는 사람들
-그들이 바로 당신의 가족입니다.

"When everything goes to hell, the people who stand by you without flinching
- they are your family."

Jim Butcher

거의 완벽한 가족

거의 완벽한 가족

최이정 소설

도서출판담다

차례

봄이 오는 길　　11

첫 번째 문턱　　63

보통의 하루　　135

조용한 연대　　165

작가의 말　　201

2025년

지원이 6개월 전부터 일하고 있는 옷집에는 간판이 없다. 사람들은 그냥 옷집이라고 불렀다. '바지가 편한 집', 그렇게 부르는 사람들도 있었다. 40~50대 여성이 많이 찾는 가게였다. 옷집 사장 강은주는 동그란 얼굴에 귀 아래 짧은 단발머리, 통통한 몸집에 키는 155cm 정도, 웃으면 반달눈이 되는 사람 좋아 보이는 중년의 여자였다.

"지원아, 좋은 아침!"

"사장님, 오셨어요."

언제 들어도 적응되지 않는 은주의 걸걸한 목소리에 지원의 입꼬리가 저절로 올라갔다. 아담하고 귀여운 은주의 매력 포인트는 걸걸한 목소리와 투박한 사투리. 외모와 전혀 어울리지 않는 목소리와 말투는 은주의 반전 매력이었다.

"사장님, 오늘은 허리 괜찮으세요?"

"어, 가만있어 봐라. 오늘은 안 쑤시네. 개안타, 개안아."

'수술한 데가 와 이래 쑤시노' 하는 날은 구름 한 점 없는 하늘이었다가도 어김없이 비가 쏟아졌다. 멀쩡한 은주의 허리, 오늘 날씨는 맑음이었다.

"지원아, 봄이는 어린이집 잘 갔나? 아침은 묵고 갔제? 아이고, 봄이 가가 자꾸 눈에 밟힌다 아이가. 얼매나 이쁜지, 봐도 봐도 또 보고 잡네."

"봄이는 사장님 보고 싶다는 말 안 하던데요."

"맞나, 고기 참말로 그카드나? 아이고 마, 내 혼자 짝사랑하는 기네."

시시껄렁한 수다에도 두 사람은 자지러졌다. 지원은 종이컵을 은주에게 내밀었다.

'믹스커피 한 봉지, 물은 종이컵의 1/3.'

"캬, 이거지, 이거! 나는 안 있나, 지원이 니가 타 주는 이 커피가 세상에서 젤로 맛있드라. 고마버예, 지원 씨."

두 사람의 달달한 하루가 시작되고 있었다.

"지원아, 점심 챙기 무라. 내는 모임이 있어서 나간데이. 밥만 퍼뜩 묵고 오게."

오전 11시 반, 은주는 지원에게 윙크를 날리며 가게를 나갔다. 오후 2시가 조금 넘자, 단골손님들이 약속이나 한 것처럼 들이닥쳤다.

"사장님은?"

"점심 드시러 갔는데, 곧 오실 거예요."

"저기, 제일 앞에 걸린 바지 입어 봐도 되지?"

사람들이 휩쓸고 간 가게 안은 정신이 없었다. 지원은 어질러진 옷들을 정리하고, 뒷주머니에서 핸드폰을 꺼냈다. 출근하고 처음 확인하는 핸드폰.

'지원아, 밥 묵고 일어나는데 '뚝' 소리가 나면서 일어나질 못하겠드라. 식당서 119 불러 바로 병원 왔데이. 오늘은 가게에 못 드가겠다.'

부재중 전화 3통, 꿈꾸는 어린이집.

*

오후 2시 14분.

오늘 오전은 예약 손님들로 꽉 찬 날이었다. '밀라노 헤어' 원장

윤미정은 출근해서 지금까지 엉덩이 한 번 의자에 붙이지 못했다.

"후유…."

지친 몸을 기다란 소파에 뉘자, 팔부터 어깨, 허리, 등까지 묵직하고 뻐근했다. 쪼그라드는 위장이 눈에 보이듯 선명하게 느껴졌지만 움직이기 귀찮았다. 늘어진 손가락으로 애꿎은 배를 쓰다듬으며 눈을 감고 이마에 팔을 얹었다. 어질러진 탁자 위에 제멋대로 펼쳐진 잡지 사이로 미정의 눈길이 멈추었다. 슈트를 입고 있는 외국인 남자 모델의 사진, 미정의 눈이 반짝거렸다.

15년 전, 미정이 처음 일을 배울 때였다.

"미정 씨, 샴푸 부탁해요."

"네."

당시 시내에서 제일 큰 헤어숍에서 보조를 하던 미정은 하루가 어떻게 지나가는지 모를 정도로 정신없이 지냈다. 스물여섯 살, 미정의 나이는 경력 좋은 헤어 디자이너들과 비슷했다. 10대 후반에서 20대 초반의 보조 가운데 최연장자였다. 스물네 살의 헤어 디자이너는 미정에게 늙다리라고 했고, 열일곱 살짜리 보조는 할마마마라고 불렀지만, 미정은 신경 쓰지 않았다. 그저 하루라도 빨리 나만의 헤어숍을 열고 싶은 마음뿐이었다. 모두가 퇴근한 헤어숍은 미정에게 연구실이고 공부방이 되었다. 미정은 매일 밤 마지막 문단속을 하는 직원이었다.
 밤 11시, 퇴근하려고 전깃불 스위치를 누르던 미정은 급작스러운 현기증으로 자리에 주저앉았다.
 "아, 뭐야. 진짜."
 바지를 툭툭 털며 일어난 미정은 카운터 안쪽 미니 냉장고에서 생수 한 병을 꺼내 들고 불 꺼진 소파에 길게 누웠다.
 '웬 현기증이람. 내일부턴 점심이라도 든든히 먹어야겠다.'
 아침은 건너뛰고, 일하다가 허겁지겁 먹는 점심이 하루 식사의 전부였다. 시원한 생수 한 모금에 정신없던 시야가 또렷해지는 것 같았다. 소파 옆 테이블 위에서 잡지를 하나 집어 들었다. 어둠에 익숙해진 눈은 미정이 원하는 것을 금세 찾았다.
 "와, 이 팔이랑 다리 좀 봐. 길다 길어. 이 머리는 또 뭐야. 금발도 아니고, 갈색도 아니고, 무슨 색인데 이렇게 멋지지? 염색했나? 곱슬곱슬한 짧은 머리, 이 머리는 펌을 한 거겠지? 드라이빨인가?"
 주문이라도 외우는 사람처럼 깜깜한 매장 안 미정의 중얼거림이 희미하게 퍼지고 있었다.
 "뭐가 그렇게 좋은가?"
 "흐억! 깜짝이야!"
 "불도 안 켜고 뭐 하는가?"

"아! 놀랬잖아요. 원장님이야말로 이 시간에 어쩐 일이세요?"
"뭘 하고 있길래 사람이 들어오는 것도 모르는가?"
미정은 일어나 앉으며 매무새를 가다듬었다. 원장은 미정이 보던 잡지를 힐끗 보더니 웃음기 가득한 얼굴로 미정의 맞은편 자리에 앉았다.
"이런 스타일 좋아하는가? 잘생겼구먼. 아주 잘 생겼어."
"잘생긴 남자 싫어하는 여자가 어딨어요?"
"미정 씨, 남자 얼굴 보는구먼. 하하하. 이 정도 되는 남자 찾으려면 한국에선 안 되겠는걸. 밀라노 정도는 가야겠는데, 허허헛."
"밀라노요?"
"이런 남자 모델들, 이태리 사람이 많다지. 그중에서도 밀라노가 최고라던데. 거기 가면 이런 남자 많다고 사람들이 그러더군, 하하핫."
"밀라노요!"
"미정 씨, 밀라노 가서 꼭 이런 남자하고 연애해야 해. 미정 씨 남자 친구는 어떤 사람일지 진짜 궁금해지는구먼, 하하핫."
밀.
라.
노.
원장의 웃음소리가 텅 빈 가게 안에 메아리쳤다. 원장은 그 뒤로도 뭐라고 하는 것 같았지만, 미정의 귀에는 들리지 않았다. 그저 '밀라노'라는 말만 미정의 머릿속을 돌아다녔다.

잡지 속 남자 모델들이 데려온 지난 기억들에 실없는 미소가 입술 사이로 삐져나오는 미정이었다.

"밥이나 먹자, 에구구."

미정은 입버릇 같은 신음을 내며 소파에서 일어났다. 점심을 주문하려고 핸드폰을 찾으니, 하준이가 다니는 어린이집에서 연락이 와 있었다.

부재중 전화 3통, 꿈꾸는 어린이집.

*

"원장 선생님, 하준이 엄마예요. 일하느라 바빠서 전화가 왔는지도 몰랐네요. 죄송합니다."

"네, 안녕하세요, 어머님."

어린이집 원장의 목소리는 차분했다. 미정은 왠지 모를 조바심에 들고 있던 핸드폰을 얼굴에 바짝 붙이고 소리를 크게 키웠다.

"세 번이나 전화하셨던데, 무슨 일 있는 건 아니죠?"

"별일은 아니고요, 어머님. 오늘 원에서 하준이랑 현우 사이에 다툼이 있어서 연락드렸습니다. 지금은 통화 괜찮으신가요?"

다툼이라는 말에 미정은 긴장했다.
"네, 괜찮아요. 근데 하준이랑 현우가요?"
"크게 걱정하실 일은 아니고요. 하준이가 현우를 밀었는데, 넘어지면서 현우 무릎이 좀 까졌어요. 다른 데는 괜찮습니다."
"현우가 넘어져요? 무릎이 까졌다고요? 현우 괜찮아요? 많이 다치진 않았고요? 근데 하준이는 현우를 왜 밀었어요?"
하준이가 밀었다는 말에 미정의 입술이 타들어 갔다.
"그게, 현우가 봄이를 놀려서 하준이가 그만하라고 말리다가 그랬습니다."
"현우가 봄이를 놀려요?"
"현우가 봄이는 반쪽 가족이라고, 애들 앞에서 계속 놀린 것 같아요."
"반쪽 가족이라니요?"
"반쪽 가족은 외부모 가족을 말하는데요. 현우가 그 말을 어디서 들었는지, 오늘 좀 심하게 봄이를 놀린 것 같아요. 그래서 하준이가 그만하라고 말렸는데도 계속하니까 현우를 봄이한테서 떼어 내려다가 좀 밀었어요. 그러다가 현우가 넘어져 무릎에서 피가 조금 났고요. 병원에 갈 정도는 아니라서 연고 바르고 밴드 붙이는 정도로 마무리했는데, 하준이 어머니도 아셔야 할 것 같아서 연락드렸습니다."

크게 다치지 않았다는 말에 미정은 한시름 내려놓았지만, 걱정되는 마음은 가시질 않았다.

"현우 어머니한테는 제가 전화할까요, 원장 선생님?"

"괜찮습니다. 현우가 먼저 잘못한 일이기도 하고, 현우 어머님께 자초지종 설명해 드렸어요. 현우 어머니가 죄송하단 말씀 전하셨습니다. 무릎 살짝 까진 정도라 걱정 많이 안 하셔도 될 것 같습니다."

"하준이는 다친 데 없어요? 봄이는요?"

"하준이하고 봄이는 다친 데 없습니다. 어머님, 하준이 귀가하면 맛있는 저녁 같이 드시면서, 어린이집에서 별일 없었는지 이야기해 보시면 좋을 것 같아요. 걱정 끼쳐 죄송합니다."

"알겠습니다. 연락해 주셔서 감사합니다, 원장님."

어린이집 원장과 통화를 끝내자, 한숨이 절로 나왔다. 입안도 마르고 목도 탔다. 생수 한 통을 다 비우고 남은 예약 스케줄을 확인했다. 4시 이후엔 예약이 없었다.

'잘됐다.'

허기진 배를 달랠 틈도 없이 미정의 머릿속엔 하준이 생각으로 가득했다. 다친 데는 없다지만, 걱정은 사라지지 않았다.

'오늘 저녁은 하준이 좋아하는 돈까스다!'

어수선한 마음을 추스르고 서둘러 마트로 향했다. 먹기 좋게 손질된 파인애플, 돈까스용 돼지고기, 사과, 당근, 감자, 달걀, 모차렐라 치즈, 우유, 떠먹는 요구르트를 장바구니에 담았다.

"안녕히 가세요."

"잘 가."

씩씩한 하준이의 목소리가 집 밖에서 들려왔다. 어린이집에서 태권도 학원으로 바로 갔다가 집으로 돌아오는 하준이가 뛰어오는 소리가 들렸다. 쿵. 쿵. 쿵.

"엄마, 엄마, 맛있는 냄새!"

하준이는 급하게 신발을 벗어 던지고 미정에게 달려왔다.

"하준아!"

달려오는 하준이를 덥썩 안아 올리고는 얼굴을 마구 부벼 댔다.

"아이고, 이 땀 좀 봐. 샤워부터 해야겠다."

"싫어, 싫어. 배고프단 말이야."

온몸이 땀에 전 하준은 식탁으로 달려가 파인애플 한 조각을 입에 넣었다.

"하준이, 손 씻고 먹어야지."

하준이가 좋아하는 코끼리가 그려진 노란 접시에 치즈를 듬뿍 올린 돈까스, 포도처럼 잘라 놓은 감자와 당근, 파인애플이 먹음 직스럽게 담겼다.

"두두두두."

손에 물만 묻히고 급하게 달려온 하준이는 뜨거운 돈까스를 입 안으로 밀어 넣었다.

"천천히 먹어. 뜨거운데 잘라 줄까?"

"아, 하… 하….”

"자, 시원한 우유 마셔."

빨리 먹고 싶고, 그런데 뜨겁고, 하준이 입이 바빴다. 미정도 하준이 옆에 앉아 포크를 들었다.

"하준아, 오늘 어린이집에서 뭐 했어?"

"어, 그림 그리고 밥 먹고. 음냐, 음냐."

"다른 일은 없었어?"

"음냐, 음냐."

양 볼이 터질 것 같은 하준이는 먹느라 정신이 없었다. 어느새 접시에는 당근 하나, 감자 하나가 남았다.

"하준아, 하준이는 친구 많아?"

"어."

"친구 이름이 뭔데?"

"준혁이, 세영이, 유빈이, 음… 봄이."

"그렇구나. 하준이는 친구 많구나. 근데 현우는 친구 아니야?"

"현우? 현우도 친구야. 근데 현우는 좀 그래."

"뭐가 좀 그런데?"

"현우는 나쁜 말 많이 해. 봄이만 보면 놀려."
"봄이를 놀려? 현우가?"
"어, 엄마. 봄이만 보면 이상한 소리를 해서 봄이가 울어."
"울어? 봄이가?"
하준이는 무슨 생각이 떠올랐는지 두 눈에 힘이 들어갔다.
"오늘도 현우가 봄이한테 반쪽 가족이라고 놀렸어."
"반쪽 가족?"
미정은 하준이의 입가에 묻은 돈까스 부스러기를 떼어 주었다.
"참, 참, 엄마. 봄이는 내가 현우 민 거 몰라. 비밀이야."
하준이는 손에 쥔 포크를 식탁에 놓고 엄마와 손가락을 걸고 약속 도장을 찍었다.

*

어린이집에서 세 통이나 걸려 온 전화가 마음에 걸린 지원은 점심도 잊은 채 어린이집으로 전화를 넣었다.
"원장 선생님, 늦게 연락드려 죄송합니다. 봄이한테 무슨 일 있나요?"
지원은 원장에게 어린이집에서 있었던 일에 관해 들었다.
'반쪽 가족, 반쪽이 이봄.'

지원의 머릿속이 어지러웠다.

"어머님, 봄이를 더 잘 살폈어야 했는데 죄송합니다. 다시는 이런 일 생기지 않도록 더 신경 쓰겠습니다. 죄송합니다."

'어떡하지? 어떡해야 해?'

온몸이 바들거렸다. 통화를 어떻게 끝냈는지 정신이 아득했다. 뇌가 정지된 것 같았다. 집으로 돌아가는 길, 매일 다니는 길이 낯설었다. 몇 번을 넘어질 뻔했는지 지원의 발목이 시큰거렸다. 집에 와서도 안절부절못했다. 잠시 후 어린이집 차에서 내리는 봄이를 발견하자 겨우 참았던 심장이 마구 뛰기 시작했다.

"봄아!"

"…."

엄마만 보면 웃는 봄이가 오늘은 지원을 보고 고개를 푹 숙였다. 지원이 말을 걸어도 대꾸조차 없었다. 뿌리치려는 봄이의 손과 놓치지 않으려는 지원의 손이 엉긴 채 둘은 집으로 돌아왔다. 지원은 딸기 우유를 내밀었다. 울다가도 금세 울음을 그치게 하는 봄이의 특효약, 봄이가 제일 좋아하는 딸기 우유다. 하지만 집으로 오는 내내 지원과 눈을 마주치지 않던 봄이는 딸기 우유도 받지 않았다.

"봄아, 봄아."

"…."

"봄아, 엄마 좀 봐 봐."
"…."
"봄이, 왜 그래? 무슨 일 있었어?"
"…."
슬픔은 말보다 몸짓으로 먼저 도착했다. 지원은 봄이의 작은 등을 다정한 손길로 하염없이 쓰다듬었다.
"어, 엄…마."
"그래, 봄아."
지원은 봄이의 기어들어 가는 목소리조차 반가웠다.
"반…쪽… 가족이야?"
"어? 뭐라고?"
"바안쪼옥…."
"반쪽?"
"아빠…는 어…디에 있…어?"
봄이가 있어서 지원은 삶이 고달팠지만, 밤이 무섭지 않았다. 길고 긴 밤의 어둠 속에서 봄이는 지원의 별이었다. 어둠 속, 지원을 밝혀주는 별. 그런데 지원의 별이 어둠에 묻혀 버리는 건 아닌지 두려움이 엄습했다. 지원의 심장이 쿵 떨어졌다. 지원이 봄이를 끌어안았다. 평소에는 봄이를 안으면 봄이가 더 세게 매달렸고, 안고 있다가 놓아주려고 하면 어미 새를 찾는 아기 새처럼 파닥거리며 지원의 품으로 파고들었다. 하지만 지금 봄이의 몸은 바람 빠진 풍선처럼 흐물거렸다.
"봄이 어딨지? 엄마가 세상에서 제일 많이 사랑하는 우리 봄이가 어디 갔을까?"
봄이를 세게 끌어안으며 지원이 속삭였다.
"봄아, 오늘 많이 속상했어?"
봄이는 아무 말이 없었다. 봄이의 뺨을 비추는 오후 햇살도 따뜻하지 않았다. 어느새 봄이의 눈은 감겨 있었다. 봄이의 옅은 숨소리에 지원은 조금 마음이 놓였다. 눈물 자국, 눈곱, 코딱지로 꼬질꼬질한 봄이의 얼굴은 평온했다.
'미안해, 봄아.'
지원은 봄이를 눕히고 저녁을 준비하러 주방으로 갔다. 쌀을 씻은 물을 버릴 때마다 한 움큼씩 빠져나가는 쌀알이 야속했다. 봄이가 좋아하는 콩나물무침을 하려고 콩나물을 손질하다가는 머리와 꼬리를 떼고 나니 먹을 것이 없다며 괜히 푸념을 늘어놓았다. 밥을 안친 뒤 봄이의 자는 모습을 물끄러미 바라보던 지원은 핸드폰을 들고 화장실로 갔다.
"하준 언니, 지금 통화 괜찮아요?"
"지원아, 안 그래도 전화할까 생각하고 있었어."
"언니, 하준이는 괜찮아요?"

"어, 괜찮아. 봄이는 어때? 괜찮니?"
미정의 목소리에 참았던 눈물이 쏟아져 내렸다.
"봄이는 잠들었어요."
"많이 힘들었나 보다, 봄이가."
"언니, 나 봄이한테 뭐라고 말해야 할지 모르겠어요."
"그래, 어렵다 그치? 쉬운 이야기가 아닌데…. 그나저나 우리 지원이 속상해서 어쩌니."
'우리 지원이.'
그 말이 목에 걸렸다. 가슴이 먹먹해졌다. 눈물은 멈추지 않았지만, 미정의 따뜻한 손길이 지친 지원의 어깨를 다독여주는 것만 같았다.
"언니, 하준이가 봄이 친구라는 게 얼마나 든든한지 몰라요. 하준이한테 꼭 전해 주세요. 내가 많이 고마워한다고."
"어, 알겠어. 하준이가 제대로 알아들을지 모르겠지만. 지원아, 하준이는 봄이가 제일 이쁘대. 반쪽이니 뭐니 그런 말 신경 쓰지 마. 애들이 생각 없이 하는 말에 휘둘리면 안 된다. 알지?"
"…."
"언니, 제가 너무 몰라서 우리 봄이한테 이런 일이 생긴 것만 같아요. 말이 느린 것도, 말을 더듬는 것도 진작에 알고 있었지만, 아직 어려서 그런 거라고, 나이 들면 좋아지려니…. 너무 안이하게 생각했어요. 우리 봄이는 아무 문제 없는 아이라고. 저 혼자서 그렇게 믿고 싶었나 봐요. 아이들한테 놀림당하고 있는 것도 모르고. 전 정말 엄마 자격이 없는 것같아요....”

 울먹이는 지원의 목소리엔 기댈 곳 없는 외로움과 자책의 후회, 애절한 서러움이 묻어났다.

“지원아, 너나 나나 엄마가 처음이잖아. 처음부터 완벽할 순 없어. 실수도 실패도 되풀이해 가면서 조금씩 알아가는 거 아닐까?”

“봄이가 아이들한테 놀림당하고 따돌림받는다고 생각하니 심장이 내려앉는 것 같아요. 가엾은 우리 봄이…. 어떡해요.”

“지원아, 봄이에겐 엄마가 있잖아. 너만 믿고 너만 바라보는 봄이를 위해서라도 조금만 힘내보자. 응? 봄이 엄마.”

“언니…. 봄이, 좋아지겠죠?”

“나도 있고, 하준이도 있잖아. 지원아, 힘들면 언제든 말해. 이렇게 든든한 언니를 두고 뭐하냐?”

“언니….”

“봄이 덕분에 우리 하준이가 어린이집에서 완전 스타 됐잖아. 정의의 사도라나 뭐라나, 호호호. 우리 하준이가 봄이는 확실하게 지킨다. 그러니까 걱정하지 마, 응?”

“하준이도 언니도 너무 고마워요. 정말 고마워요.”

“우리 사이에 별 소릴 다 하네. 암튼 지원아, 너 충분히 잘하고 있으니까 지금처럼만 하면 돼. 봄이랑 저녁이나 맛있게 먹고."

"언니…."

"참, 봄이 머리 자를 때 됐지? 토요일에 들러. 봄이 보고 싶다. 지원아, 쓸데없는 걱정 사서 하지 말고, 울지도 말고. 엄마가 울면, 애도 운다. 알겠지?"

2023년

'이놈의 허리가 또 말썽이네.'

은주는 허리에 파스를 붙이고 출근을 서둘렀다. 새로 들어온 옷과 장부를 정리하던 은주의 핸드폰이 거침없이 울렸다.

'보물2 선우.'

서울에서 대학 다니는 둘째 아들이었다.

"아들! 우짠 일이고? 아침부터."

"엄마, 나 군대 갈라고."

"뭐라? 지금 뭐라캤노? 군대? 갑자기 무신 군대고? 입학한 지 얼마나 됐다꼬. 쪼매 더 있다 가지."

"엄마, 그렇게 됐어. 헤헤헤."

"와? 뭔 일 있나? 힘든 거 있음 말해 봐라, 엄마한테."

"엄마, 힘든 일 같은 거 없어. 어차피 가야 하는 거니까 일찍 갔다 올라고. 그리고 엄마, 이건 의논 아니고, 통보입니다, 헤헷. 다음 주에 내려갈게요."

느닷없던 선우와의 통화를 끝내기가 무섭게 은주의 핸드폰은 요란한 알림음이 이어졌다.

'엄마, 다음 주 토요일 저녁에 친구들이랑 모이기로 했어. 애들이 엄마 갈비 먹고 싶다고 난리야 난리. 엄마, 갈비찜 해 줄 거지? 우리 많이 먹는 거 알지? 많이 많이 해 줘.'

'엄마, 감사합니다.'

'사랑합니다, 강은주 씨.'

사랑스러운 선우의 메시지도 은주의 섭섭함과 서운함을 풀어주진 못했다.

'2학년까지 마치고 가믄 될 낀데, 뭐가 그리 급하다꼬. 지 형도 군대 가 있는데, 저 녀석까지 가믄 우짜노.'

"흐음, 냄새 죽이는데. 역시 우리 엄마 최고!"

"군대 가는 기 뭐 그리 급하다꼬, 이래 급하게 가노. 느그 형 제대하믄 가든가 하지."

"히힛, 남자는 군대를 갔다 와야 철든다며?"

"내 아까븐 아들 둘을 군대에 다 보내삐고 나는 우째 살라꼬."

뾰로통한 얼굴로 살짝 눈을 흘기는 은주 곁을 졸졸 따라다니는 선우. 은주는 50리터짜리 들통에 살이 두껍게 붙은 갈비를 가득 채웠다. 한소끔 끓이다가 식히고, 식으면 기름을 걷어 내고 다시 끓이기를 반복했다. 그 외에 된장찌개, 잡채, 나물 등 다른 음식도 장만하느라 부산스러웠다. 찌개를 끓이고 잡채를 만드느라 가스레인지가 비좁았다.

"선우야, 갈비찜 들통 좀 절로 치아라. 걸리적거린다, 고마."

갈비찜이 든 들통은 가스레인지에서 내려와 주방 한구석에서 열을 식히고 있었다.

"엄마, 뭐 더 필요한 거 없어? 없으면 나 친구들하고 있다가 저녁 먹을 시간에 같이 올게."

주방을 나서는 선우의 뒷모습을 확인한 은주는 다시 가스레인지 앞에 섰다. 저녁상 준비가 마무리되어 가자 갈비찜 들통을 찾았다. '인자 요거만 데우믄 되겠네.'

"웃샤!"

'뚝.'

"으악!"

은주는 갈비찜 들통을 들다가 그 자리에 주저앉았고, 꼼짝도 할 수 없었다. 재식의 급한 손가락이 119를 눌렀다.

일주일 후 선우는 아버지와 친구들의 배웅을 받으며 논산훈련소에 들어갔고, 은주는 허리 디스크 수술을 했다. 2주간의 입원과 4주간의 통원 치료가 필요한 상황이라 가게 볼 사람이 급했다.

*

네 살이 되면 아이들은 어린이집부터 다니기 시작한다고 했다. 딱히 정해진 것도, 꼭 그래야 하는 것도 아니지만 다들 그렇게 하는 것 같았다. 지원의 껌딱지, 봄이를 떼어 놓을 생각을 하니 마음이 짠했지만, 다른 아이들처럼 어린이집이라도 다니게 되면 지원은 일자리를 알아보려고 했다. '그 놈의 돈이 뭔지.'

봄이가 네 살이 되던 2월의 어느 오후, 지원은 가까운 어린이집을 찾았다. 구름 모양의 지붕이 귀여운 어린이집이었다.

"봄아, 저거 봐. 구름 지붕이네. 예쁘다 그치. 여기 한번 들어가 볼까?"

"…."

"봄아, 저기 그네도 있어. 엄마랑 그네 탈까?"

"…."

멀뚱멀뚱 서 있는 봄이를 어린이집 안으로 이끌자 갑자기 울음을 터뜨렸다. 처음 들어보는 크고 서러움 가득한 소리에 지원은 당황했다. 아무리 달래도 소용이 없었다. 지원은 봄이를 안고서 어린이집이 보이지 않는 곳까지 서둘러 걸었다. 울음을 그친 봄이를 내려놓고 눈물, 콧물, 침으로 범벅이 된 얼굴을 닦아 주며 아이를 빤히 바라보았다. 여전히 들썩이는 어깨, 눈물이 그렁그렁한 눈을 보자니 안쓰러웠다. 봄이가 이렇게 우는 건 처음이었다.

'아직은 때가 아닌가 보다.'

봄이의 양 볼에 얼룩덜룩 남은 눈물 자국에 마음이 쓰라렸다.

'봄아, 절대 널 혼자 두지 않을 거야. 우리는 절대 떨어지지 않아. 봄아, 그냥 어린이집일 뿐이야.'

봄이가 뱃속에 있을 때, 태어났을 때, 누군가가 가장 필요한 그 순간에 외면당했던 지원의 기억이 오버랩되어 떠올랐다.

"봄아, 우리 집에 가서 맛있는 거 해 먹자. 엄마 배고프다."

시간은 흘러 봄이의 다섯 번째 여름이 지나가고 있었다. 지원은 작년에 갔던 구름 모양 지붕이 예쁜 어린이집에 전화를 걸어 방문 약속을 잡았다. 봄이와 손을 잡고 걸어가는 지원. 어린이집 앞에 나와 기다리는 원장 선생님이 보였다.

"어서 오세요. 반갑습니다."

"안녕하세요. 선생님. 우리 아이 이름은 이봄이고, 저는 봄이 엄마입니다."

지원이 인사를 나누는 동안 봄이는 지원의 뒤에 바짝 붙어 있었다. 지원의 다리 뒤에 숨어 꼼짝도 하지 않았다. 지원의 바지만 만지작거리며 땅만 쳐다봤다. 아직은 들어갈 생각이 없어 보였다.
"어머니, 봄이가 좋아하는 게 있을까요?"
"아, 봄이는 그림 그리는 거 좋아해요."
지원의 말에 원장 선생님은 무릎을 꿇고 봄이와 눈높이를 맞추었다.
"봄아, 저기 안에 들어가면 커다란 스케치북도 있고 크레파스랑 색연필도 많이 있는데, 엄마랑 같이 가서 구경해 볼래?"
지원의 다리 사이로 낯선 선생님을 흘깃거리던 봄이가 쭈뼛하며 지원의 손을 건물 쪽으로 당겼다. 커다란 책상과 귀여운 의자가 색색깔로 있는 교실로 들어가니 선생님이 커다란 도화지와 색연필을 가져왔다. 봄이 집에는 없는 커다란 도화지와 48색 색연필. 봄이는 어느새 지원의 앞쪽으로 나와 있었다.
색연필 때문인지, 4절지 때문인지, 아니면 다섯 살이 되어서인지 이유는 알 수 없었지만 봄이는 그렇게 어린이집에 다니게 되었다. 더는 어린이집을 보고 울지 않았다. 하지만 어린이집 선생님은 지원에게 자주 전화했다.
"봄이가 어린이집 차를 타려고 하지 않아요."
"봄이가 낮잠 자는 시간에 잠은 안 자고 혼자서 울기만 해요. 다른 아이들이 봄이 우는 소리에 잠을 못 자네요. 어머님, 그래서 말인데요. 적응할 때까지 당분간 하원을 조금 일찍 하면 어떨까 싶어요? 봄이는 집에서 낮잠 잘 수 있도록요."

아침 9시, 오후 2시.
봄이는 지원의 손을 잡고 어린이집을 다니기 시작했다. 봄이를 어린이집에 두고 나오는 지원의 마음은 감격스러웠고, 한편 걱정도 많았다. 그게 무슨 마음인지 딱 꼬집어 말할 순 없었지만, 왠지 모를 뿌듯함도 일었다. 어린이집에 등원한 첫날, 봄이는 지원과 꽉 잡은 손을 놓지 않아 교실까지 함께 들어갔다. 지원은 집에 돌아와서도 어린이집에서 무슨 연락이라도 올까? 노심초사 핸드폰만 쳐다보고 있었다. 한 달이 지나자 더는 어린이집에서 전화가 오지 않았다.
봄이를 어린이집에 데려다주고 돌아와 세탁기를 돌리고, 청소를 하고, 설거지를 마치니 1시가 넘어가고 있었다. 지원은 핸드폰으로 아르바이트할 만한 곳을 검색하며 집을 나왔다. 봄이를 데리러 어린이집으로 가는 길에 편의점에 들러 봄이가 좋아하는 딸기 우유를 샀다. 편의점을 나와 어린이집으로 걸어가는 지원의 눈이 커졌다.

'주방 보조 구함, 월~금 오전 10시부터 오후 1시까지.'

지원은 1초의 망설임도 없이 가게 문을 열고 안으로 들어갔다. 가게 안에는 손님이 식사하고 있는 테이블 하나와 빈 테이블 세 개가 있었다. 지원의 등장에 짜장면을 먹던 손님이 고개를 돌렸다. 지원은 홀 안을 휙 둘러보고는 주방으로 성큼 걸어갔다. 바쁘게 웍질을 하던 남자는 갑자기 들이닥친 지원을 보고 알 수 없는 영문에 두 눈만 끔벅거렸다.

" 밖에 붙어 있는 구인 광고 보고 왔습니다. 보조 구하셨어요? 제가 하고 싶습니다."

남자는 갑자기 들이닥쳐서는 다짜고짜 본론부터 말하는 젊은 여자가 당황스러웠다.

"주문한 음식을 조리 중이라, 잠시만 기다려 봐요."

완성된 음식을 기다리던 손님에게 내어주고, 다시 주방으로 돌아온 남자는 찬찬히 지원을 쳐다봤다. 하얀 얼굴, 가녀린 몸매, 화장기 없는 얼굴이지만 뚜렷한 이목구비, 하나로 질끈 묶은 긴 머리. 청순가련형의 이 여자아이가? 아무리 봐도 힘쓰는 일을 할 수 있을 것 같지 않았다.

"식당 일 해 봤습니까? 주방일 경험 있어요?"

"네, 갈빗집에서 일해 봤습니다. "

"그래도 주방일은 힘들지 않겠습니까? 주방엔 무거운 것도 많고 힘쓸 일이 많습니다. 힘들어요."

"식당에서 많이 일해 봤습니다. 저, 힘쓰는 일 잘해요. 보기보다 힘이 좋습니다. 일하고 싶습니다."

지원은 거침없이 말한 뒤 어색한 미소를 지으며 남자의 얼굴을 빤히 쳐다봤다. 175cm 정도로 보이는 키에 까무잡잡한 얼굴, 스포츠형 머리, 단단해 보이는 몸, 다부진 인상의 남자였다. 속내를 알 수 없는 얼굴로 지원을 쳐다보던 남자가 입을 열었다.

"언제부터 일할 수 있습니까?"

"언제라도 시작할 수 있습니다."

"난 만리장성 홍진수라고 합니다."

"감사합니다, 사장님. 전 이지원이에요."

다음 날부터 지원은 봄이를 어린이집에 데려다주고 만리장성으로 출근했다. 10시부터 12시까지 양파만 깠다. 양파 지옥! 숨 쉴 때마다 양파 냄새가 몸 안으로 스며드는 것 같았다. 12시부터 1시까지는 설거지만 했다. 첫날이라 그런지, 일이 익숙하지 않아서 그런지 설거지를 마치니 1시 20분이었다. 지원은 퇴근 인사를 하고 곧장 어린이집으로 뛰어갔다.

"엄마… 냄새 나."

얼굴을 찡그리며 코를 막는 봄이의 손을 잡고 지원은 서둘러 집으로 돌아왔다. 그리고 한참 샤워를 했다. 그날 밤, 자려고 누우니 온몸이 두들겨 맞은 것처럼 욱신거렸다. 어깨도 결리고 허리도 뻐근했다.

'내일부터는 일 마치고, 집에 가서 씻고 옷도 갈아입고 봄이를 데리러 가야….'

이런저런 생각이 끝나기도 전에 지원은 코를 골며 잠들었다. 만리장성에서 일한 지 3개월이 지났다. 지원은 이제 양파뿐 아니라 다른 채소도 익숙하게 손질했다.

"하도 약해 보여서 오래 못 버틸 줄 알았는데 말이야."

"저, 튼튼하다고 했잖아요."

"그러게. 설거지나 제대로 할까 싶었는데, 튼튼한 거 인정하지말이야, 하하핫."

"감사합니다, 사장님."

만리장성에 손님들이 늘어나는 것만큼 사람들의 수군거림도 많아졌다. '호텔 주방장이었다더라', '중국에서 식당을 했다더라' 소문이 난무했지만, 정작 사장은 일체 말이 없었다. 아무튼 만리장성은 맛집으로 소문이 나 점심시간에는 정신을 못 차릴 만큼 바빴다. 1시에 퇴근하는 지원이 가게를 나설 때까지도 식당은 북적거렸다. 걸려 오는 주문 전화와 개수대에 수북이 쌓인 빈 그릇이 눈에 걸렸다. 봄이를 데리러 가는 지원의 머릿속엔 개수대에 쌓여 있는 음식 접시와 시끄러운 전화벨 소리가 윙윙거렸다.

*

홍진수는 개업 준비로 바빴다. 마음은 시내 한복판에 가게를 차리고 싶었지만, 수중에 있는 돈으로는 어림도 없었다. 진수는 예산에 맞는 적당한 자리를 알아보고 다녔다. 빌라와 원룸이 대부분인 주택가와 작지만, 다양한 상점들이 모여있는 인덕동이 진수는 마음에 들었다. 처음 와 보는 동네였지만, 낯선 기운보단 알 수 없는 친근함이 들었다. 치킨집 하던 자리를 부동산 중개업자와 살펴보았다. 수도, 배관, 환기는 문제가 없어 보였지만 홀에는 테이블 서너 개 놓으면 빠듯해 보였다. 가진 예산을 염두에 두고 가게를 찾다 보니 고민도 결정할 것도 많았다. 부동산 중개업자와 헤어진 진수는 느린 걸음으로 가게 주변을 걷기 시작했다. 10여 분쯤 걷다 보니 중국 음식점 간판이 눈에 들어왔다.

'홍화루.'

진수는 거침없는 걸음으로 들어갔다.

"짜장 하나, 짬뽕 하나 주십시오."

"두 분이세요?"

김이 모락모락 나는 짬뽕과 빛깔 좋은 짜장면이 나왔다. 진수는 순식간에 두 그릇을 깨끗하게 비웠다.

"배가 많이 고팠나 봐요."

종업원 같기도 하고, 주인 같기도 한 중년 남자가 계산하며 진수에게 말했다.

"네, 잘 먹고 갑니다."

홍화루를 나온 진수는 좀 전에 다녀왔던 부동산 사무실로 돌아가 계약서를 썼다. 계약서에 사인을 하고, 공사를 시작했다. 계약한 공인중개사에게 소개받은 인테리어 사장은 두 달이면 된다고 큰소리쳤지만, 석 달을 넘기고야 겨우 공사를 끝냈다.

'만리장성.'

오픈은 했지만, 하루에 짜장면 열 그릇도 팔리지 않았다. 6년째 이 동네에서 장사하는 홍화루는 다른 중국 음식점보다 가격이 저렴했다. 만리장성이 생겨도 홍화루는 여전히 북적였고, 만리장성에는 손님이 오지 않았다. 늘지 않는 손님에 진수의 마음은 조급해졌고 편두통이 생겼다.

진수는 요리에 진심이었다. 돈만 많이 벌려고 식당한다는 말을 제일 싫어했다. 허기만 면하는 음식이 아니라, 먹는 사람의 몸과 마음을 채우는 음식을 만들고 싶었다. 사람들에게 음식을 내어주는 것은, 정을 나누는 것이라고 믿었다. 하지만 먹는 사람이 없는 진수의 음식은 아무 의미도 없었다.

'음식 가격을 내려야 하나? 짬뽕으로 행사를 해 볼까?'

고민만 하고 시간도 아까웠다. 손님 없는 가게를 지키는 진수는 1분 1초가 아쉬웠다. 진수는 특기인 '짬뽕'으로 행사를 열었다.

태평양을 삼킨 바다 짬뽕

차돌박이와 숙주나물의 환상적인 콜라보레이션 육지 짬뽕

만리장성 오픈 기념! 단 일주일, 특별 가격 ₩3,000

동네 곳곳에 현수막을 걸었다. SNS 계정도 만들었다. 진수가 기획한 '짬뽕 행사'는 대 성공이었다. 사람들이 광고를 보고 찾아왔고, 맛을 본 사람들은 진수의 짬뽕에 찬사를 아끼지 않았다. 행사가 끝나고, 원래 가격으로 올린 뒤 진수는 초조해했다. 행사 때보다 줄긴 했지만, 다행히 손님들 발길이 이어졌다. 만리장성을 다녀간 사람들의 입소문을 타고 찾아오는 손님이 늘기 시작했다. 밀려드는 주문 전화로 전화기는 불이 났고, 주방은 쉴 새 없이 바빠졌지만, 진수는 기뻤다. 개업하고 두 달 만의 일이었다. 만리장성을 다녀간 사람들의 칭찬에 농담 같은 명언까지 생겨났다.

'한 번도 안 먹어 본 사람은 있어도, 한 번만 먹은 사람은 없다.'

지원이 만리장성에서 일한 지도 6개월이 다 되었다. 출근과 동시에 시작되는 재료 손질과 설거지만으로도 지원이 일하는 세 시간이 훌쩍 지났다.

"수고하세요, 사장님. 전 퇴근합니다."

"아기가 몇 살이랬지?"

퇴근하려는 지원에게 진수가 물었다.

"예? 아, 우리 봄이요. 다섯 살이요."

"오늘 저녁에 별일 없으면 애랑 같이 와. 7시."

"네?"

"저녁 먹자고. 같이 밥 한 끼 해야지. 일 시작한 지가 언젠데 식사 한 번을 같이 못 했잖아. 얼마나 신경이 쓰이던지 말이야."

"저녁이요?"

"그래, 같이 저녁 먹자고. 사람 사는 게 별거 없어. 같이 밥 먹는 게 정이지 말이야. 진작부터 생각하고 있었는데, 너무 늦었네. 뭐 먹고 싶은 거 있나? 뭐든지 말만 해."

"사장님, 정말요?"

멋쩍은 얼굴로 눈도 못 마주치면서 말하는 진수를 바라보는 지원의 눈이 반짝거렸다.

"사장님, 저는 사람들이 줄 서서 기다리는 게 참 신기했어요. 전 아무리 음식이 맛있어도 줄까지 서면서 먹는 사람은 이해 못 하는 스타일이거든요."

"그래? 하하하!"

"사장님, 짬뽕은 꼭 먹을 거예요."

"우리 집은 짬뽕이 시그니처긴 한데, 아기한테는 맵지, 말이야. 어쩐다, 아기가 좋아하는 거 있나?"

"특별히 좋아하는 건 없어요."

"오케이, 우리 지원 씨는 좋아하는 음식이 있나? 짬뽕 말고 먹고 싶은 거 말이야."

"저는 사장님이 해 주시는 대로 먹겠습니다."

'사장님의 저녁 초대!'

오랜만에 느껴보는 설렘에 지원의 기분은 하늘을 날았다.

'대접이라니! 우리를 대접하겠다고 한 사람은 처음이야.'

진수의 말에 지원은 대단한 사람이 된 것 같은 기분마저 들었다. 봄이에게 양말을 신겨 주는 내내 콧노래가 절로 나왔다.

"봄이는 짜장이 좋아, 짬뽕이 좋아?"

"…."

"탕수육 먹을까? 아니면 군만두?"

"어엄마…."

봄이가 천천히 입을 뗐다.
"봄아, 왜?"
"우…리 어디… 가?"
"엄마 일하는 중국 음식점 사장님이 맛있는 거 해 주신대. 봄이랑 꼭 같이 오라고 하셨어."
"어… 으… ㅉㅈ… ㄱㄱ."
"봄아, 다시 한번 말해 볼래?"
걸음을 멈춘 지원은 봄이랑 눈을 맞추려고 자세를 낮췄다. 얇은 속쌍꺼풀, 아몬드처럼 생긴 눈매, 그 속에 있는 새까만 눈동자. 지원이 힘들 때마다 한숨을 돌리고 큰 숨을 다시 쉬게 하는 봄이의 눈동자. 봄이의 새까만 눈동자에 지원의 미소가 비치고 있었다.
"봄아, 엄마랑 소리 한 번 질러 볼까?"
지원은 뜬금없이 봄이에게 물었지만, 대답을 기다리진 않았다.
"우리 저녁 먹으러 가요!"
지원은 허공을 향해 소리쳤다. 한 번, 두 번. 지원은 봄이와 함께하는 첫 외식을 자랑하고 싶었던 걸까. 쳐다보는 사람들을 향해 미소를 날리는 지원, 사람들이 쳐다보는 것? 하나도 부끄럽지 않았다.
"봄아, 너도 해 봐!"
지원은 엄마를 빤히 쳐다보는 봄이를 보며 환하게 웃었다. 봄이는 지원의 바지를 잡아당기며 가던 길을 재촉했다.

"사장님, 저희 왔어요."
"아이고, 귀한 손님이 오셨지 말이야. 어서 와요, 어서."
"봄아, 엄마가 일하는 곳 사장님이셔."
지원의 다리 뒤에 숨어 있던 봄이가 진수 쪽으로 나왔다. 그러고는 앙다문 입술로 배꼽인사를 했다.
"아휴, 누굴 닮아 요렇게 이쁘게 생겼냐?"
반짝이는 테이블 위엔 세 사람분의 그릇과 수저가 세팅되어 있었다. 지원은 준비해 온 팔꿈치 보호대를 내밀었다.
"사장님, 팔은 어깨에서 손목까지 연결되어 있어서 함께 관리해 줘야 한대요. 손목만 아픈 거 아니잖아요. 어깨도 팔꿈치도 파스 냄새가 진동하던데요."
"뭐 이런 걸 다…."
고마움에 멋쩍어하는 진수의 입꼬리가 올라가서 내려올 기미가 보이지 않았다. 진수는 지원과 봄이를 번갈아 보며 연신 웃기만 했다. 생각지도 못한 지원의 선물에 웃음만 나오는 진수였다.
"자꾸 파스만 붙이지 말고, 병원에 가서 치료도 받고 약도 드셔야죠, 사장님?"
"참, 나."

수줍은 웃음을 남기고 진수는 주방으로 들어갔다. 진수가 들어간 주방에는 맛있는 소리, 더 맛있는 냄새가 넘쳐 나오고 있었다.

"오… 으흠…."

자기도 모르게 콧구멍이 벌렁거리는 봄이를 보고 지원은 웃음이 터졌다. 바다 짬뽕, 육지 짬뽕, 탕수육, 고추잡채, 짜장면이 나왔다. 요리할 때부터 이미 맛있는 냄새에 중독된 두 사람은 음식이 나오자, 환호성이 절로 나왔다.

"잘 먹겠습니다!"

지원과 봄이는 며칠 굶은 사람처럼 돌진했다. 그런 모습을 보는 진수의 얼굴엔 미소가 끊이질 않았다. 먹느라 웃느라 세 사람은 바빴다. 가득했던 음식이 흔적도 없이 사라지자, 지원은 진수에게 양쪽 엄지손가락을 연신 치켜세우며 말했다.

"사장님, 정말 끝내줘요. 이렇게 맛있는 건 태어나서 처음 먹어봐요. 사장님 최고예요, 최고."

"맛있게 먹어주니 내가 더 고맙지, 말이야"

"사장님이 만든 음식, 이상해요. 먹을 땐 기분이 좋아지고 신이 나더니 먹고 나서는 마음이 충만해지고, 세상이 아름답게 보여요. 뭘 먹고 이런 기분이 드는 것도 처음이에요. 마법에 걸린 것 같아요. 사장님, 마술사세요? 히히."

"지원아, 내가 들어본 감상 중 최고지 말이야. 감사!"

"사람들이 왜 그렇게 줄을 서는지 알겠어요. 그리고 정말 감사드려요. 제 소원을 이뤄주셔서요"
"소원?"
"저는 봄이랑 외식하는 게 저의 소망이었거든요. 사장님 덕분에 소원을 이루었습니다."
"지원아, 음식은 말이야. 사랑이고 위로라는 말이지."
"나는 말이지, 내가 만든 음식을 먹고 행복해하는 사람들을 볼 때가 제일 좋다."
만리장성 사장이 입버릇처럼 하는 말이었다. 만리장성 손님들은 배부르다는 말보단 감사하다는 인사를 했다. 지원은 그 사람들의 말이 의아했었다. 하지만 오늘은 왠지 그 말의 의미를 어렴풋이 알 것 같았다.

*

평소 중국 음식을 좋아하지 않던 은주는 만리장성에서 육지 짬뽕을 먹은 그날을 잊을 수가 없었다. 만리장성이 생기고 얼마 지나지 않은 어느 날, 은주는 일부러 만리장성을 찾았다. 새로 생긴 가게가 궁금했다. 만리장성으로 들어간 은주는 잠시 머뭇거렸다. 4인용 테이블이 네 개, 블랙 무광 테이블, 골드 스틸 프레임의

붉은 벨벳 의자, 옅은 그레이의 포쉐린 타일 바닥, 벽 상단은 화이트에 골드 웨인스코팅 몰딩, 하단은 월넛 컬러의 템바보드가 둘려 있었다. 가게 인테리어의 화룡점정은 황금빛으로 흔들리는 골드 샹들리에였다. 처음 보는 고급스러운 인테리어에 눈이 휘둥그레 졌고, 이 공간이 마음에 들었다.

'좋은 공간에 있는 나를 발견하는 것은, 내가 좋은 사람 된 것 같은 기분을 느끼게 해 준다.'

어디선가 본 듯한 문구도 갑자기 떠올랐다.

'무슨 중국집이 이래 생깄노? 비싼 스테이크집 같네!'

은주는 느릿느릿, 가게 안을 구경하며 벽 쪽에 있는 테이블에 앉았다. 은주가 자리를 잡자, 단정한 하얀색 주방장 유니폼을 입은 남자가 주방에서 나왔다. 테이블에 자차이와 단무지, 양파를 내려놓고 따뜻한 재스민차를 은주 앞에 내놓았다.

"어서 오세요. 뭘로 드릴까요?"

"처음 왔는데예, 맛있는 걸로 추천해 주이소."

"제가 만든 음식이라 다 맛있다고 말하고 싶지만, 손님 취향이 어떤지 몰라서 말입니다. 평소 좋아하시는 걸로 주문하면 될 것 같습니다."

'지가 만든 음식은 다 맛있다꼬?'

은주는 다시 한번 남자를 쳐다봤다.

"사장님? 주방장님?"

"사장도 하고 주방도 보고 저 혼자 다 합니다. 사장이자 주방장이자 종업원이지 말입니다."

"사장님이 추천해 주시는 대로 묵어 볼랍니더."

무표정했던 남자의 얼굴은 어느새 미소가 가득했다.

"그럼, 짬뽕이 괜찮습니다. 해산물이 들어간 바다 짬뽕이랑, 차돌박이가 들어간 육지 짬뽕이 있습니다."

"육지 짬뽕으로 주이소."

"네, 알겠습니다."

"사장님, 이 물은 뭡니꺼?"

"재스민차입니다."

두 손으로 물잔을 감싸니 양 손바닥이 금세 따뜻해졌다. 입속에서 퍼지는 은은한 향이 좋았다.

"맛있게 드십시오."

숙주와 차돌박이가 산처럼 쌓여 있는 짬뽕이 나왔다. 자기도 모르게 탄성이 절로 나왔다. 보기만 해도 침이 꼴깍 넘어가는 은주는 국물을 떴다.

"우와, 이기 머꼬? 와 이래 맛있노. 후후, 오오예!"

은주는 맛있는 음식을 먹을 때면 이상한 소리를 내는 버릇이 있었다. 그날 이후 은주는 매일 만리장성을 찾았다. 매일 다른 메뉴를 먹어 보는 재미가 쏠쏠했다. 하지만 만리장성 메뉴 중 은주의 최애는 육지 짬뽕이었다.

다음 날, 은주가 옷집 문을 열자마자 손님이 들어오기 시작했다. '왠일이고, 아직 청소도 못 했는데 손님부터 들어오네! 재수 좋은 날인갑다.' 오전부터 몸이 분주했지만 마음은 즐거웠다. 하지만 즐거웠던 마음도 끼니를 거르니 자잘하게 날카로워졌다.
'외출 중, 연락처 010-47XX-32XX.'
외출한다는 메모를 문에다 붙이고 만리장성으로 뛰어갔다. 운 좋게 테이블 하나가 비어 있었다. 은주는 기다리지 않고 바로 먹을 수 있다는 생각에 기분이 좋아졌다. 얼른 빈 자리에 앉아 주문하고 물컵에 물을 따르며 핸드폰을 보니 2시 17분이었다.
'언제 시간이 이래 돼뿟노. 시간 가는 줄도 몰랐네. 밥때 피해서 쪼매 늦게 오니까 자리가 있네.'
"짬뽕 나왔습니다."
은주의 눈이 휘둥그레졌다. 차돌박이와 숙주나물을 산처럼 쌓인 김이 모락모락 나는 짬뽕이 은주 앞에 내려졌다. 냄새만 맡아도 저절로 눈이 감겼다. 참을 수 없는 음식의 향기. 온몸의 감각이 살아나는 것 같았다. 은주는 국물로 입을 적시고, 차돌박이와 숙주나물을 함께 집어, 입안 가득 밀어 넣었다.

"그래, 이 맛이다. 이 맛. 에고, 인자 좀 살 거 같데이."

은주가 짬뽕 그릇에 얼굴을 박고 정신없이 먹고 있는데, 언제 왔는지 만리장성 사장이 맞은편에 앉아 있었다.

"아이고, 깜짝이야. 사람 놀래구로"

"저기 말입니다."

사장은 놀란 은주의 말엔 대꾸도 하지 않고 은주를 빤히 쳐다보고 있었다.

"무슨 일인데예? 와 이랍니꺼?"

"저기, 말입니다. 혹시 나한테 마음 있습니까?"

"예? 뭐라꼬예? 지금 뭐라 했습니꺼?"

하마터면 은주는 입에 있던 음식을 뿜을 뻔했다.

"한 달이 넘게 매일 오시니 말입니다."

"그래서예? 그기 와예?"

"이상하지 말입니다."

"뭔 말인지 하나도 모르겠네, 참말로. 사장님, 알아듣게 쫌 말해 보이소."

"매일 중국 음식만 먹는 사람이 어딨습니까? 한 달 넘게."

은주는 입에 있던 음식을 삼키고 휴지로 입가를 닦으며 사장을 빤히 쳐다봤다.

'이기 무슨 소리고, 도대체. 이 남자, 지금 뭐라 카노.'

"저한테 관심이 있어서 매일 오시는 거 아닙니까? 짬뽕은 핑계고 말입니다."
"푸하핫! 머라카노 참말로, 사장님. 내 지금 짬뽕 국물 뿜을 뻔했다 아입니꺼."
세상 심각한 얼굴로 서 있는 사장을 보니 웃음이 터져 나왔다.
"아이고, 사장님. 흐흐흐!"
"웃지만 마시고 말입니다."
"아이고 사장님, 단단히 오해를 하시는 것 같네예."
"오해요? 무슨 오해를 했다는 말입니까?"
"매일 오는 이유가 뭐겠습니꺼? 맛있으니까 매일 오지예."
"아무리 맛있어도 밥도 아니고, 된장찌개도 아니고, 중국 음식을 매일 먹을 수 있습니까? 중국집 사장인 저도 매일은 짬뽕 못 먹습니다. 질리지 말입니다."
당장이라도 울음이 터질 것 같은 얼굴이었다.
"사장님, 제 말 좀 들어보이소. 지는예 원래 한식밖에 안 묵으예. 청국장, 나물 무친 거 그런 거 좋아합니더. 근데 여기서 짬뽕을 묵는데, 희한하게 기분이 너무 좋아지는기라예. 그라고 더 웃기는 게 뭔지 알아예? 잘라꼬 누웠는데, 낮에 묵은 짬뽕이 자꾸 생각나서 잠이 안 온다 아입니꺼. 내일 또 묵으야겠다, 요래 다짐하니깐 그제야 눈이 감기데예. 웃기지예? 나도 어이가 없어 웃음도 안 나

옵디더."
"거짓말하지 마십시오. 말도 안 되지 말입니다."
"비싼 밥 묵고 뭐할라꼬 거짓말합니꺼. 그라고 내 남편 몰라예? 사람들이 그 얘긴 안 하든 갑지예. 이 동네 유명한 잉꼬부부 있다고. 이 동네 사람들은 다 아는데. 암튼 우리 아저씨는 저기 저 밑에서 빵집 합니더. 그 양반은 빵만 좋아해가 딴 건 잘 안 묵으예."
"그래서 맨날 혼자 오신단 말입니까?"
 사장은 얼굴이 붉으락푸르락 어쩔 줄 몰라 했다. 갈 곳 잃은 눈동자는 이리저리 방황했고, 애꿎은 다리만 덜덜 떨었다.
"뭐, 제 음식이 맛있어서 오신다니 감사합니다. 그리고 오해해서 죄송합니다."
 사장이 황급히 자리를 뜨자, 은주는 참았던 웃음을 터트렸다.

 다음날, 은주는 자신의 가게 안을 왔다 갔다 하며 얼쩡거렸다.
 '인자 가든 안 되겠제? 우짜노, 오늘 같은 날 만리장성 짬뽕 한 그릇이면, 딱인데.'
 옷집 출입문에 붙어 주룩주룩 내리는 비를 바라보다 손님이 뜸한 틈을 타 컵라면으로 점심을 때웠다.
 일주일이 지나갔다. 아침 10시, 출근한 은주는 가게 청소를 마치고 커피 물을 올리고 있었다. 가게 문이 열리는 소리에 은주는 상냥한 톤으로 인사를 했다.

"어서 오세요. 어!...아, 안녕하십니꺼? 우짠 일입니꺼. 여까지 다 오시고?"

은주는 만리장성 사장을 발견하고는 살짝 당황했다.

"저, 그게…. 요새는 식사하러 안 오십니까?"

만리장성 사장은 옷집 출입문 앞에서 더 이상 들어오지도 못하고 뻘쭘하게 서 있었다. 은주는 끓인 물을 종이컵에 따르며 사장을 쳐다봤다.

"믹스커피 드십니꺼?"

"네? 아, 좋아합니다."

은주가 뜨거운 종이컵을 건네자 그제야 홍 사장은 안쪽으로 걸음을 옮겼다. 쭈뼛거리며 가게 안을 둘러보는 시늉을 하며 은주 쪽으로 다가갔다. 은주가 뭐라도 먼저 말해주길 기다렸다.

"몇 살입니꺼?"

"네? 나이는 갑자기 왜?"

"그냥 궁금해서예."

"서른아홉입니다."

은주의 느닷없는 질문에 사장은 김이 나는 종이컵을 쥐고 눈만 껌뻑였다. 은주가 나이만 묻고 아무 말도 하지 않자 사장은 뜨거운 커피를 한입에 털어 넣었다.

"젊은 사장님, 인사가 늦었지예. 지는 강은주라 캅니더."

"아, 네. 저는 홍진수입니다. 이사 오면서 바로 인사했어야 하는데, 저야말로 인사가 너무 늦었습니다. 저희 식당에도 자주 오셨는데 잘 챙겨 드리지도 못하고 말입니다. 제가 주변머리가 없어서…."

"아이고, 별말씀을 다 하시네예."

"사장님 덕분에 가게에 손님도 늘고, 감사한 게 참 많은데 말입니다."

"내가 한 게 뭐 있다고 별 소릴 다 듣겠데이. 음식점이야 음식이 맛있으니까 잘되는 거지예."

"사장님, 그날 제가 실수한 거 사과드리러 왔습니다. 그날은 진짜 말도 안 되는 오해를 했지 말입니다. 그날 일만 생각하면 얼마나 부끄러운지 자다가도 벌떡 일어납니다. 제가 한 말 싹 잊어 주시면 안 되겠습니까? 그리고 언제든지 식사하러 오십시오. 제발 부탁드리지 말입니다."

이날을 계기로 진수와 은주는 한결 편한 사이가 되었다. 은주는 만리장성에서 거의 매일 점심을 먹었고, 진수는 일주일에 세 번만 음식값을 받았다.

*

11시 반, 은주의 단골손님이 한꺼번에 가게로 들이닥쳤다. 10년이 넘은 단골들, 두 팀이 약속이라도 한 듯 10분 간격으로 은주의 가게를 찾았다. 손님들이 돌아가고, 어질러진 옷들을 정리하니, 뒤늦은 허기가 밀려왔다.

오후 2시 반.

믹스커피 두 잔으로 버틴 은주는 만리장성으로 달렸다.

"사장님, 육지짬뽕 주이소."

"아이고, 강 사장님 오셨습니까. 근데 어떡하죠. 재료가 다 떨어졌지 말입니다. 육지짬뽕은 지금 안 되지 말입니다."

"뭐라고예? 재료가 없다고예?"

"죄송합니다, 강 사장님. 이상하게 오늘은 짬뽕 찾는 분들이 많았지 말입니다. 오시는 손님마다 짬뽕만 주문하고 말입니다. 다음부턴 재료를 넉넉하게 준비해 놓겠습니다. 우리 강 사장님을 위해서 말입니다, 허허허. 오늘만 좀 봐 주십시오. 짬뽕 빼고는 다 됩니다. 다른 거 드시면 안 되겠습니까?"

"우짜노, 오늘 하루 종일 묵은 거라고는 커피 두 잔밖에 없는데. 짬뽕 묵을라고 달려왔구만."

"만리장성 최고의 VIP 손님, 오늘은 제가 대접하지 말입니다. 마음껏 골라 주십시오, 강 사장님."

하루가 멀다 하고 만리장성을 찾던 은주가 일주일이 넘도록 보이지 않았다. 걱정 반, 궁금증 반, 진수는 핸드폰을 꺼냈다.
"안녕하세요, 강 사장님."
"아이고, 홍 사장님. 우짠 일입니꺼? 전화를 다 주시고예."
"강 사장님이 요새 통 안 보여서 말입니다. 걱정돼서 전화했습니다. 혹시 무슨 일이 있나 해서 말입니다."
"호호호, 홍 사장, 강 사장 하니까 재밌네예. 안 그래도 짬뽕 묵고 싶어서 병 났습니더, 상사병. 호호호. 근데 홍 사장님, 내가 좀 아파예. 내일 허리 디스크 수술하기로 했어예."
"예? 수술요? 수술할 만큼 아팠는데 그동안 말도 한번 안 꺼내고 말입니다. 아프면 아프다고 평소에 티라도 좀 내셨어야지요."
"아이고, 흰소리 그만하고예. 홍 사장도 몸 아끼면서 일하이소."
"섭섭합니다, 강 사장님."
"섭섭할 것도 참 없는갑다. 별게 다 섭섭하다 카네."
털털하고 정 많은 은주가 친누나 같기만 한 진수는 은주가 아프다는 걸 말하지 않은 게 진심으로 서운했다.
"우야믄 우리 홍 사장 섭섭한 마음이 좀 풀어지겠어예?"
"저도 강 사장님을 위해서 뭐라도 하고 싶단 말입니다. 저한테도 부탁도 하고 그래야지 말입니다."

"내가 홍 사장한테 시킬 게 뭐가 있다꼬 그랍니꺼. 식당 일만 해도 얼매나 바쁜 사람인데."

"진짜 섭섭하지 말입니다. 저도 뭐라도 해야지 말입니다."

"홍 사장님도 참. 사람 무안스럽구로. 내가 뭐를 좀 부탁하면 되겠습니꺼, 생각 좀 해 볼게예."

"참, 강 사장님, 할 말 아직 남았지 말입니다. 저한테 말 편하게 한다고 하셨잖아요. 동생 같다고 할 때는 언제고, 아직도 말을 높이고. 이것도 서운하지 말입니다."

"아이고, 우리 홍 사장 섭섭한 게 느무 많네, 우야노."

진수의 순수한 진심이 은주에게 고스란히 전해졌다. 말은 투박했지만 세심하고 자상한 마음이 고마웠다.

"아, 그라믄 내가 허리 아파서 한동안 가게에 못 나오니깐 어데 일할 만한 사람 없나 알아봐도."

"좋네, 좋아. 편하게 말하니까 진짜 좋지 말입니다. 근데 어떤 사람을 구하면 될지 조건 같은 거 있습니까?"

"성실하고 믿을 만한 사람, 여자가 좋겠지. 일 잘하면 최고지."

"알겠습니다. 제가 찾아보겠습니다. 아무 걱정 말고 수술 잘하고 오시지 말입니다. 누님."

*

"어엄마, 나… 어린이집에… 차 타고 갈래. 하준이… 하고…."
 봄이가 어린이집에 차를 타고 등원하겠다고 했다. 봄이에게 드디어 생긴 친구 하준이 덕분이었다. 어린이집에서 하준이와 짝꿍이 된 후로 둘은 늘 같이 있었다. 어린이집 차만 보면 울던 봄이가 하준이 덕분에 먼저 어린이집 차를 타겠다고 했다.
 "잘 다녀와, 봄아. 수고하세요, 선생님."
 아침 9시, 지원은 노란 가방을 메고 노란 어린이집 차를 타고 가는 봄이를 배웅했다. 어린이집 차가 보이지 않을 때까지 그 자리에 서서 손을 흔들었다.
 한 달이 지나자 봄이는 집에 올 때도 어린이집 차를 타고 오겠다고 했다. 지원은 봄이에게 생긴 반가운 변화가 고맙기만 했다. 9시에 어린이집으로 가는 차에 봄이를 태우고, 3시 반에 집 앞에서 봄이를 기다렸다. 덕분에 지원은 아르바이트하는 시간을 연장할 수 있었다.
 "사장님, 저 좀 더 일할 수 있어요. 9시 반부터 3시까지요."
 만리장성은 바빠졌는데 1시만 되면 퇴근하는 것이 신경 쓰였던 지원이었다. 사장은 괜찮다고 신경 쓸 것 없다고 했지만, 자기 때문에 사장이 불편을 감수하는 건 아닌지 마음이 쓰였다. 지원은 아르바이트비도 늘어나고, 일하는 시간도 길어진 것이 참 좋았다. 만리장성은 지원에게 아르바이트 장소 이상의 의미가 되어 버렸다. 무심한 듯 보여도 섬세하고 다정하게, 제 식구처럼 챙겨주는 츤데레 사장님이 고마웠다.

'지원아, 얼른 가. 봄이 기다리겠다. 뒷일은 신경 쓰지 말고 말이지. 빨리 가 봐'

퇴근 시간 10분 전, 사장은 지원의 퇴근을 재촉했다. 지원은 사장님의 이 한마디가 듣기 좋은 노래 같았다.

2018년 그리고 2019년

지원의 엄마 백자연은 평일엔 혼자, 주말엔 꼭 지원을 데리고 백화점에 갔다. 지원은 쇼핑을 좋아하지 않았지만 엄마가 가자고 하면 거절하지 않았다. 맛있는 점심을 먹고, 뜻하지 않은 선물이 생기는 게 싫지만은 않았기 때문이다.

"어머, 따님이세요? 아이돌 같아요. 연예인인 줄 알았어요. 호호호. 근데 엄마를 쏙 빼닮았네요."

매장 직원들은 자연과 지원이 나타나면 늘 이런 멘트를 잊지 않았다. 지원은 그들의 말에 동의도 거부도 아닌 무덤덤한 표정으로 대신했고, 자연은 그런 말을 즐겼다.

"얘랑 나랑? 닮은 데가 있나, 난 잘 모르겠던데, 사람들이 그러긴 하더라."

무심한 척 얼버무리지만, 실은 자연이 제일 좋아하는 말이었다. 여리여리한 몸매에 빼어난 이목구비와 청순한 분위기의 지원과 다니면 어딜 가나 이목을 끌었다. 그런 지원과 닮았다는 말을 들을 때면 괜한 뿌듯함이 차올랐다. 지원은 자연에게 트로피요 훈장 같은 딸이었다.

지원은 탁월한 외모만큼이나 성적도 우수했다. 중학교 3년 내내 전교 3등을 벗어난 적이 없었고, 고등학교 2학년인 지금까지도 전교 3, 4등을 왔다 갔다 했다. 고등학교 입학, 첫 시험에서는 전교 1등을 하기도 했다. 집에서도 큰소리 날 일 없는, 부모에게 순종하는 고분고분 말 잘 듣는 착한 딸이었다. 지원의 진로는 정해져 있었다. 대학은 아이비리그 중에서 고르기로 했고, 전공은 변호사나 회계사와 관련된 학과를 선택하기로 했다. 부모가 생각해 둔 진로였지만, 지원이 굳이 따르지 못할 이유도 없었다. 잠정적 합의라기보단 정해진 수순이랄까.

지원은 공부하는 것 말고는 딱히 좋아하는 일도 없었다. 친구들이 하는 연예인, SNS 이야기는 지루하기만 했고, 친구들과 어울리지 않아도 전혀 불편한 게 없었다. 그랬던 지원에게 생각지도 못한 변화가 조금씩 일어나고 있었다. 고2 가을, 뒤늦은 사춘기가 지원에게 찾아왔다. 공부 말고는 흥미도 없던 지원에게 새로운 관심사가 생기고 있었다.

"쟤 누구야?"

"쟤는?"

지원은 2년 동안 학교에 다니면서 한 번도 물어보지 않았던 아이들의 이름을 물어보았고, 관심도 없던 연예인과 SNS가 눈에 들어오기 시작했다. 반 아이들과 함께 점심시간에 매점에 다니고, 엄마가 사 준 머리핀이나 화장품을 같은 반 아이들에게 나눠 주기도 했다. 친구들은 지원이 나눠 주는 물건을 기다렸고 지원의 주변엔 아이들이 하나둘 늘어갔다.

고3이 된 첫날, 지원은 등굣길에 본 키가 크고 쌍꺼풀이 없는 남학생의 웃는 얼굴에 말 그대로 한눈에 반해 버렸다. 그 남학생만 보면 얼굴이 빨개졌고, 생각만 해도 심장이 콩닥거렸다. 3월 14일, 지원은 그 남학생에게 고백했지만, 남학생은 싫다고 했다.

지원의 머리핀을 세 개나 받은 같은 반 친구가 지원의 마음을 눈치채고 그 남자아이를 몰래 지켜보기 시작했다.

"지원아, 너 도남이, 문도남 말이야. 3학년 7반 걔 좋아하지?"

"니가 어떻게 알아?"

"다 아는 수가 있지. 있어 봐, 내가 도와줄게."

'문도남. 학교 앞 **PC방 죽돌이. 매일 밤, 야자 째고 거기 있음.'
지원도 **PC방에 우연을 가장해 다니기 시작했다. 3월이 끝나기 하루 전, 지원과 도남이 사귄다는 소문이 학교 안에 파다하게 퍼졌다.

*

"저, 아침 안 먹어요."
이른 아침이 차려진 식탁을 향해 급하게 말을 던지고, 지원은 집을 나왔다. 뭘 잘못 먹었는지 밤새 속이 더부룩하고 답답했다. 밤새 잠도 설치고, 겨우 새벽에 몇 시간 눈 붙인 게 다였다. 아침이 되어도 거북한 속은 여전했다. 점심시간이 되었지만, 배는 고프지 않았고 짜증만 늘어났다. 시간이 지나도 나아지지 않았고, 오후가 되니 두통까지 더해졌다. 컨디션도 기분도 좋아질 기미가 보이지 않았다. 수업이 끝나자마자, 지원은 담임에게 과외 핑계를 대고 서둘러 학교를 빠져나왔다.
"소화제 잘 듣는 거랑 두통약 주세요."
"언제부터 그랬어요?"
'언제?'
약사의 말에 불길한 생각이 확 지나갔다. 당황한 지원은 소화제 말고, 다른 걸 달라고 하고는 쏜살같이 집으로 달려갔다. 가방만 벗어 던진 채 화장실로 곧장 들어갔다.

'두 줄!'

애꿎은 손톱만 물어뜯으며 변기에 앉아 하릴없이 물만 계속 내리고 있었다. 뜯긴 임신테스트기 상자가 화장실 바닥에 널려 있었다. 두 줄이 선명한 테스트기 세 개, 번갈아 보는 지원의 눈동자는 갈피를 잡지 못했다.

'아니야, 아닐 거야.'

뜯어 놓은 임신테스트기 상자를 검은 비닐봉지에 주워 담고, 뜯지 않은 테스트기 두 개는 잘 숨겨서 화장실을 나왔다.

다음 날 아침, 지원은 평소보다 일찍 집을 나섰다. 학교 가는 내내 도남에게 전화를 걸었지만 받질 않았다. 교실로 들어가자마자 책상에 엎드렸다. 다른 아이들이 등교할 때까지 그대로 있었다. 아침 조회를 마치고 나가는 담임에게 감기몸살이 심하다고 말하고는 양호실에 가서 오전을 다 보냈다. 그러고는 점심시간이 되자, 몸이 아파서 도저히 학교에 못 있겠다며 조퇴증을 끊었다.

'전화 줘.'

'문자 줘.'

'연락해.'

'쫌!'

도남에게 메시지를 넣었지만, 아무 답이 없었다. 지원은 귀가 후 제 방 침대에 누워서 꼼짝도 하지 않았다. 핸드폰만 만지작거렸다. 얼마나 시간이 지났을까. 깜빡 잠이 든 지원은 눈을 뜨자마자 핸드폰을 찾았다. 도남에게선 아무 연락이 없었다. 다시 전화를 걸고, 메시지를 보냈다.

'전화 줘.'

'어디야?'

'전화해.'

물어뜯던 손톱에는 핏방울이 번졌지만, 지원은 알지 못했다. 도남에게 메시지를 보내고, 전화를 걸었지만, 지원의 핸드폰은 잠잠하기만 했다.

다음 날, 지원은 등교하자마자 도남의 교실을 찾아갔다.

"도남이 왔어?"

"안 보이는데."

아침 조회를 위해 선생님들이 각 교실로 들어가는 걸 보고서야 지원은 제 교실로 뛰어갔다. 1교시가 끝나고 다시 찾아간 도남의 교실, 책상에 엎어져 자고 있는 도남을 발견했다.

"야, 문도."

"아이 씨, 뭐야."

도남은 입가에 흘린 침을 닦으며 반쯤 뜬 눈으로 얼굴을 들었다.

"요, 이지. 뭔 일?"

"너 뭐냐. 연락이 안 되냐, 연락이. 일부러 나 피하냐?"

"뭐래? 내가 왜"

"그건 그렇고, 일단 좀 나가자."

"뭔데 그래. 귀찮게."

"여기선 얘기 못 해. 얼른."

지원은 미적대는 도남의 손을 잡아끌고 복도 끝으로 갔다.

"왜 전화 안 받아? 뭐했어? 씹냐?"

"어제? 폰이 맛탱이가 갔어. 근데 너, 그거 따지려고 불러냈냐? 어이없네."

"야, 문도, 말 똑바로 해. 어이가 없는 건 나거든."

"진짜라고! 뭔데, 왜 연락했는데?"

"병원, 병원 좀 가자."

"뭐, 병원?"

"그래, 병원."

지원은 주머니에서 임신테스트기를 꺼냈다.

"뭐냐, 이게?"

"똑똑히 보기나 해."

도남은 체온계처럼 생긴 그것을 빤히 들여다보고만 있었다.

일주일이 지났다. 지원은 여전히 도남과의 연락이 잘 안됐다. 지원의 연락에 점점 늦게 답했으며, 나중에는 메시지를 읽지도 않았다. 터지지 않는 핸드폰보다 더 답답한 지원의 속은 문드러져 가고 있었다. 미치지 않는 게 이상한 지원이었다. 점심시간 종이 울리자마자 도남의 교실로 달려갔다.

"야, 문도."

"어, 이지. 왓썹?"

"야, 어떡할 거야?"

"뭘?"

"뭘? 뭘이라니, 병원 가야지."

"병원? 내가?"

"네가 가야지. 나랑."

"왜?"

"그럼 누구랑 가?"

도남의 태도에 끓어오르는 짜증을 지원은 간신히 참았다.

"오늘은 꼭 가야 돼. 알겠지? 이따 수업 마치고 봐."

지원이 도남의 얼굴을 뚫어지게 쳐다보고 있었지만, 도남은 지원과 눈 한번을 마주치지 않았다. 지원을 피해 가는 시선은 복도, 천정으로 바쁘기만 했다. 시끄러운 복도에는 불편한 도남의 한숨이 공허하게 퍼지고 있었다. 수업이 끝나기가 무섭게, 서둘러 교실을 빠져나온 지원. 교문 앞에는 초조한 지원의 그림자가 서성대고 있었다.

"띵!"

'약속 있는 걸 깜빡했네. 같이 못 가겠다. 병원.'

'개새끼.'

*

"길이는 6cm, 움직이는 거 보이죠? 현재 13주 됐고요. 아주 건강합니다."

"저게 사람…이에요?"

"네, 이제 심장 소리 들을게요."

진료실을 가득 메운 심장 소리가 지원에게 낯설고도 강렬한 충격으로 다가왔다.

'13주…. 하아.'

배에 묻은 젤을 닦아 내고 침대에서 일어난 지원은 머리가 지끈거렸다. 땅콩처럼 생긴 아기, 심장 소리가 귓가에서 떠나질 않았다. 수술하려고 병원을 찾았지만, 정작 하려는 이야기는 꺼내지도 못한 채 임산부 주의 사항만 듣고 병원을 빠져나왔다. 집으로 온 지원은 쓰러지듯 침대로 들어가 머리끝까지 이불을 덮어썼다. 수

술의 'ㅅ'도 꺼내지 못하고 돌아온 자신이 한심했다.

'이번 달 모의고사도 망했는데….'

입으론 시험을 말했지만, 병원에서 본 모니터 속 장면과 아기의 심장 소리가 너무나 생생했다. 눈을 감아도, 귀를 막아도 계속 떠올랐다.

'짜증 나.'

"똑똑!"

지원은 방문 두드리는 소리도 듣지 못하고 이불 속에서 뒤척이고 있었다.

"지원 학생."

"…."

"지원 학생, 잠깐 들어갈게."

문 여는 소리에 이불 밖으로 얼굴을 내밀자, 문 앞에 가사 도우미 아줌마가 서 있었다.

"뭐예요, 아줌마?"

"지원 학생, 저녁 먹으라고."

"밥 생각 없어요."

도우미 아줌마는 다시 이불을 뒤집어쓰는 지원의 침대 옆으로 다가와 말없이 서 있었다.

"안 먹는다고요."

"지원 학생, 요새 통 안 먹는 것 같던데, 그러지 말고 일어나서 나가자. 뭐라도 먹어야지, 지원 학생 좋아하는 불고기 해 놨어."

"…."

"지원 학생, 잘 먹어야지. 공부하는 거 힘들잖아."

"알아서 먹을게요."

다시 이불을 머리끝까지 덮어쓰고 돌아눕던 지원은 자신의 귀를 의심했다.

"그러지 말고 한술 떠. 몸도… 다르잖아."

"방금 뭐라고 했어요?"

지원은 벌떡 일어나 앉아 가사 도우미를 쏘아봤다. 도우미 아줌마는 지원의 얼굴을 물끄러미 바라볼 뿐 아무 말이 없었다.

"알지도 못하면서 뭐라는 거예요?"

"…."

"아줌마, 지금 뭐라고 했어요? 다시 한번 말해 보세요."

"저기, 아기 때부터 지원 학생을 봐 왔잖아. 화장실 청소를 하다 보면 저절로 알게 돼. 생리대 사러 가는 일도 줄었고, 빨래할 때도 알 수 있고. 그렇지 뭐…."

지원은 받아칠 말이 생각나지 않았다.

"엄마도 알아요? 말했어요?"

"아니."
"아줌마, 엄마한테 말하면 안 돼요. 절대 절대 안 돼요, 네?"
"알겠어."
너무 놀란 탓인지 숨이 가빴다. 머리도 띵했다.
"지원 학생, 자꾸 굶으면 안 돼. 밥 먹자."
도우미 아줌마는 지원이 침대에서 일어날 때까지 움직이지 않을 것만 같았다. 지원은 복잡한 마음으로 홀린 듯 따라 나갔다. 지원 앞으로 반찬을 바싹 당겨 주는 도우미 아줌마는 지원이 밥 한 그릇을 다 비울 때까지 가만히 지켜봤다.

*

병원에 다녀온 후 지원은 더 혼란스럽고 심란해졌다. 인터넷 검색창에는 산부인과, 임신, 출산, 유산 등의 검색어가 넘쳐났고, 검색이 이어질수록 지원의 마음은 더 갈피를 잡지 못했다.
'낙태 수술 중 태아는 공포를 느끼며 수술 도구를 피하려고 한다. 낙태 수술은 태아의 몸을… 흡입기로….'
낙태 수술을 검색하던 지원은 온몸에 소름이 돋았다. 순간 병원에서 들었던 태아의 심장 소리가 크게 메아리치듯 들려왔다. 도남에게 전화를 걸었다.

"야, 같이 병원 가자."

"싫은데."

"같이 가자고. 니 애잖아."

"내 애?"

"그래, 우리 애."

지원은 도남과 함께 병원에 가고 싶었다. 어떤 결정을 하든 함께 내리고 싶었다. 엄마한테 털어놓기 전에 도남과 먼저 이야기하고 싶었다.

"내일은 꼭 같이 병원 가는 거다. 조퇴하고 가자. 점심시간 끝나고 가면 돼."

"어…"

"꼭이야! 꼭!"

"어."

지원은 점심시간이 끝날 즈음 도남의 교실로 갔다.

"도남이 봤어?"

"아까 갔는데."

"어디?"

"몰라."

지원의 급한 손가락 끝에서는 영혼 없는 소리만 반복되었다.

"전원이 꺼져 있어…."

'비겁한 새끼.'

지원은 절망했다. 온몸에 힘이 빠졌다.

'문도남! 비겁한 배신자, 나쁜 놈.'

지원은 학교를 빠져나왔다. 아이도, 몸도, 마음도 전부 나 혼자. 이런 지독한 외로움은 처음이었다.

'다시 병원에 갈까? 그냥 눈 딱 감고 수술하면 되잖아. 그러면 이런 고통도 끝나겠지. 성가신 고민 따위 할 필요도 없잖아. 모두 예전으로 돌아갈 수 있을지 몰라.'

터덜거리며 걷다 보니 진료받았던 산부인과 앞이었다.

'저 문만 열고 들어가면 되는데…. 들어갈까? 들어가자, 들어가.'

지원은 긴 한숨을 내쉬고, 병원 출입문의 손잡이를 잡았다. 그 순간 지원의 귀를 때리는 소리에 놀라 출입문에서 물러나고 말았다. 얼마 전 산부인과 진료실에서 들었던 아기의 심장 소리, 그 소리가 갑자기 들려왔다. 천둥소리처럼 귀에 박혔다.

'뭐야, 어디서 나는 거야?'

지원의 온몸이 떨렸다. 꼼짝도 할 수 없었.

'어디서 이런 소리가 나는 거야. 이 심장 소리는 아기의 심장 소리인가? 아니면 내 심장 소리?'

지원은 아찔한 현기증에 자리에 주저앉고 말았다.

'나의 숨이 아기의 숨과 연결된 것 같았다. 아니 이미 하나의 숨으로 호흡하고 있는 것같았다. 아기의 생명은 나의 생명 속에 있었다. 하나의 심장에서 함께 숨 쉬고 있었다. 아기가 곧 나이고 내가 곧 아기였다.'
갑자기 지원의 아랫배가 볼록 솟았다가 꺼졌다. 지원의 양손은 어느새 아랫배를 보듬고 있었다.

*

자연은 요사이 유독 까칠해진 지원이 거슬렸다.
"딸내미는 고3이라고 짜증만 늘었어. 아주 상전이야 상전. 말만 걸면 신경질이고, 물어도 제대로 대답도 안 하면서 지가 먼저 말하는 법도 없어. 나 보고 어쩌란 말이야."
자연은 식탁에 앉아 혼자 구시렁댔다.
"오랜만에 집에 일찍 들어왔으면 와이프랑 이야기도 좀 하고 그러면 얼마나 좋을까."
거실에서 TV 보는 남편이 들으라는 듯 톤을 높여 혼잣말을 주절거렸다. 일부러 소리 내어 머그잔을 식탁에 내려놓기도 했다. 거실에서는 TV 소리만 들려왔다. 자연의 넋두리가 들리는지 안 들리는지 남편은 아무 대꾸도 하지 않았다.
'그럼 그렇지. 이 집엔 나만 살지. 이놈의 집구석.'

자연은 입 안으로 욕을 삼켰다.

경제적으로나 사회적으로나 안정적인 번듯한 남편, 공부 잘하고 예쁜 딸. 남부러울 게 없었다. 자연의 지인들은 부러움에 입을 모았다. 자연이 그리던 이상적인 가족의 모습, 흠잡을 데 없는 완벽한 가정 그 자체였다.

'완벽한 남편, 완벽한 아내, 완벽한 딸.'

남들에게 그렇게 보여 주고 싶었고, 남들이 그렇게 생각해 주는 게 뿌듯하기만 했다.

'아니, 얘는 3학년이 되더니 짜증이 너무 늘었어. 전에는 묻는 말에 대답이라도 하더니, 이젠 대꾸도 없어.'

성적도 자꾸 떨어지고 이전과 뭔가 달라진 지원이 신경이 쓰였지만 크게 걱정하진 않았다. 고3이라 스트레스가 늘어서 그러려니 했다. 성적도 곧 제자리를 찾을 테고, 짜증이야 고3이 지나면 저절로 해결될 문제라고 여겼다. 엄마를 실망시킬 일 같은 건 꿈에라도 하지 않을 아이라고 믿고 있었다.

'완벽한 내 딸, 이지원.'

모의고사가 있던 날, 시험만 치고 과외 때문에 일찍 귀가한 지원을 거실로 불러 앉혔다.

"얘, 너 이번 시험은 잘 쳤지? 지금부터라도 성적 관리 잘해. 이제 성적 더 떨어지면, 알지? 미국 갈 준비는?"

"….어."
"뭐가 문제야, 이번 과외 선생 별로니? 다른 선생으로 바꿀까?"
"몰라."
"대답하는 거 하고는. 네가 모르면 누가 알아? 지원아, 너 얼굴은 또 왜 그래? 잠을 못 자서 그런가, 푸석하니 그게 뭐니. 아무리 고3이라도 그렇지. 거울도 안 봐? 수능 끝나면 뭐 좀 해야겠다. 너 땜에 내가 아주 신경 쓰여서 늙는다, 늙어. 어머, 너 눈 밑은 또 왜 그러니? 시커메 가지고. 아휴, 속상해서 원…."
변변한 대꾸 하나 없는 시큰둥한 지원을 보고 자연은 혀를 찼다. 지원이 방으로 들어가는 걸 확인한 자연은 외출 준비를 했다.
"아줌마, 지원이 저녁 좀 잘 챙겨 줘. 난 부부 모임 있어서 나가."

*

거실에서 통화 중이던 자연의 맞은편에, 방에서 나온 지원이 앉았다. 얼마 만인지. 자연이 불러도, 뭘 물어도 대답도 시원찮던 딸이, 자연이 찾기도 전에 먼저 자연의 곁으로 왔다. 지원이 반가운 자연은 서둘러 통화를 끝냈다.
"어쩐 일로 부르기도 전에 나왔대, 우리 딸?"
자연은 지원이 먼저 자기를 찾은 게 오랜만이라 내심 기분이 좋앉다.

지원은 자연을 향해 묵직한 입을 열었고, 지원의 말이 채 끝나기도 전에 자연은 쥐고 있던 핸드폰을 집어 던졌다.

"뭐? 너 지금 뭐라고 했어?"

눈이 뒤집힌 자연은 지원의 등짝을 후려쳤다. 놀람이 아니라 분노의 손길이었다. 자연의 떨리는 손바닥은 지원의 갸녀린 몸에 가혹한 흔적을 사정없이 남기고 있었다.

"정신 나간 년, 얼빠진 년, 미친 년. 일어나, 어서!"

자연은 늘어진 지원의 손을 잡아당겼다. 지원은 소파에 앉아 꼼짝도 하지 않았다. 자연의 말에 어떤 대꾸도 행동도 하지 않았다. 지원의 그런 모습에 자연은 더 열이 받았다.

"너 제정신이야? 아주 단단히 미쳤구나, 미쳤어. 임신? 니가 아주 돌았구나, 돌았어."

"…."

"일단 일어나, 일어나라고. 병원부터 가야 할 거 아니야. 정신 차리고, 일어나라구, 얼른."

벌겋게 달아오른 얼굴엔 오만가지 표정이 다 있었다. 고함치는 자연과 꼼짝도 하지 않는 지원. 흥분한 자연은 지원을 잡아 당겼다 밀쳤다 정신이 없었다.

"니가 이러면 안 되지. 거짓말이지 지원아, 어? 니가 이럴 줄은 몰랐다. 그냥 하던 대로 얌전히 공부하다가 미국 가고, 대학 졸업한 뒤에 결혼하면 되는데, 이게 뭐야? 무슨 짓이야? 엄마 얼굴에 똥칠을 해도 정도껏 해야지. 창피한 줄도 모르고!"

벌건 이마 위로 시퍼런 핏줄이 올라온 자연의 얼굴이 한껏 일그러졌다. 분노로 몸까지 부들부들 떨며 지원을 잡아당겼다.

"너 임신한 거 누가 알아? 친구들한테 말했어? 어떤 놈이야? 아니, 아니, 그런 건 필요 없어. 병원, 일단 병원부터 가자. 어서."

"…."

"빨리 일어나! 병원 가자니까!"

"나, 애기 낳을 거야."

"야! 너, 미쳤어? 아주 돌았구나, 제정신 아니지. 머리가 있으면 생각이라는 걸 해야지. 애를 낳는다고? 쓸데없는 소리 하지 말고 얼른 일어나. 빨리!"

지원은 자리에서 일어나 자연을 떨쳐내고 집 밖으로 뛰쳐나갔다. 밖으로 나오자 숨이 쉬어졌다.

"후…. 흐흐흑, 흑흑."

긴 한숨 끝자락에 꾹꾹 참았던 울음이 터져 나왔다. 뛰쳐나오긴 했지만, 갈 곳도 도망갈 용기도 없었다. 할 수 있는 건 그저 대문 앞에 웅크리고 앉아 우는 것뿐이었다. 지원의 옷소매와 목덜미는 이미 축축해져 있었다. 입술은 말라비틀어져 달라붙었고 눈, 코,

입은 한껏 빨개졌다. 얼마나 시간이 흘렀을까.

"지원 학생….'

나지막한 소리, 생각지도 못한 인기척에 놀라 지원은 얼굴을 들었다.

"아줌마?"

지원의 옆으로 다가와 나란히 앉는 도우미 아줌마였다. 지원은 다시 무릎 사이로 얼굴을 묻고 다리를 감싸안았다. 고개 숙인 지원의 가는 어깨가 희미하게 떨리고 있었다. 도우미 아줌마는 한쪽 팔로 지원의 어깨를 감싸안았다. 두 사람의 어깨가 끊어질 듯 들썩이기 시작했다. 두 사람은 그렇게 말없이 한참을 있었다.

1975년, 1995년
그리고 2004년

　재식의 어린 시절은 가난과 불행의 연속이었다. 알코올로 하루하루를 연명하는 아버지와 남편의 폭력을 온몸으로 막아 내던 어머니 사이에서 방치되었다. 가난의 의미를 알기도 전에 세상에 존재하는 모든 불행한 단어를 먼저 알아 가고 있었다. 폭력, 무관심, 방치, 중독, 상처, 불안, 초조, 걱정…재식의 작고 여린 심장은 곪을 대로 곪아가고 있었다.
　'집에 가기 싫어.'
　수업이 끝나도 학교 운동장에서 시간을 보냈고, 해가 져도 동네를 배회했다. 어린 재식의 유일한 소원은 집에서 도망치는 것이었다. 하루라도 빨리 나가고 싶었다. 엄마의 멍든 얼굴, 절뚝거리는 걸음걸이를 보고 싶지 않았다. 아버지 없는 곳으로 도망가자고 애원도 해 봤지만, 엄마는 대답이 없었다. 어린 재식은 그런 엄마가 한없이 불쌍했지만, 도망가지 않는 엄마가 원망스럽고, 이해되지 않았다. 아버지의 정신 나간 폭력에 시름시름 앓기만 하던 엄마는 제대로 된 치료 한번을 받은 적이 없었다. 허구한 날을 붓고 멍든 얼굴로 방구석 귀신처럼 지내던 엄마는 재식의 중학교 졸업식을 사흘 앞두고 죽었다. 졸업식에 간다던 재식은 집으로 돌아오지 않았다.

가까스로 집을 나왔지만, 중학교만 나온 재식이 할 수 있는 일은 별로 없었다. 배고픔을 참을 수 없어 식당에서 일했다. 국밥집, 삼겹살집을 전전했다. 설거지, 화장실 청소, 주방 청소를 했다. 열 손가락이 퉁퉁 붓고, 피부가 벗겨지고, 피도 났지만, 재식은 아픈지도 몰랐다. 허기지지 않고, 눈치 보지 않고 잠들 수 있는 것만으로 충분했다. 도망칠 일도 배회할 일도 없었다. 맞지 않으려고 비굴해질 일도 없었다. 자기를 괴롭히는 힘도 마음도 사라져서 좋았다. 밤마다 되풀이되던 악몽이 사라지니 모든 곳이 천국 같았다. 죽지 못해 살았던 재식은 살아 있는 게 조금씩 좋아졌.

집을 나온 지 4년 정도 지나자, 방 두 개짜리 원룸과 산책이라는 취미가 생겼다. 배회하기 급급했던 재식의 발걸음은 산책이라는 재미를 알아가고 있었다. 평일에 일하고, 주말에는 발길 닿는 대로 걸어 다녔다. 비가 내려도, 바람이 불어도 거르지 않고 걸었다. 걷다 보면 보이는 많은 풍경들. 각양각색 사람들의 표정들을 보며 재식은 혼자 상상했다. 웃는 사람을 보면 무슨 좋은 일이 있었을까? 화난 표정의 사람을 보면 왜 화가 났을까? 저마다의 표정을 보며 걷다 보면 시간이 훌쩍 지나갔다. 어느 날은 크고 작은 건물들을 보며 감탄했고, 어느 날은 푸른 하늘 하얀 구름을 보고 기뻐했다. 어느 날은 자신만의 생각에 잠겨 걷기도 했다. 걷고 또 걷다 보니 재식을 짓누르던 엄마의 멍든 얼굴도 아버지의 술주정 소리도 사라졌다. 걷다 보니 살아있음에 감사하는 마음이 조금씩 생겨났고, 살아남았다는 안도감이 커질수록 세상을 향한 원망도 조금씩 사그라들었다. 그렇게 2년이 더 흐르고, 이제는 악몽을 꾸지 않게 된 재식은 입대했고, 제대했다.

 제대 후 다시 일자리를 알아보던 시기에 재식이 사는 동네에 꽤 큰 빵집이 생겼다. 가게 앞을 지날 때면 고소하고 달콤한 냄새에 저절로 걸음이 멈췄다. 정신을 차려보면 이미 가게 안에 들어가 있는 재식이었다. 재식의 쟁반에는 소보로빵, 단팥빵이 담겨 있었다. 재식이 아는 빵은 그것뿐이었다. 이름도 맛도 모르는 빵들이 너무 많았다. 화려한 조명 아래 먹음직스러워 보이는 빵들은 재식을 황홀하게 만들었다. 맛있는 유혹, 재식의 심장이 콩닥거렸다.

'직원 구함.'

하루에도 몇 번씩 빵집 앞을 지나다니던 어느 날, 재식은 빵집 직원이 되었다.

"어서 오십시오."

출입문이 열리는 소리에 바라본 가게 입구에는 귀여운 여자 손님이 들어오고 있었다. 웃으면 반달눈이 되는 여자였다. 찰랑거리는 단발머리, 작고 아담한 몸매의 여자는 일주일에 두어 번은 꼭 방문하는 단골이 되었다. 재식은 가게 문이 열릴 때마다 그녀가 들어올 것 같아 문소리만 나면 쳐다봤다. 그녀가 오지 않는 날이면 가게 앞을 서성이는 일이 많아졌다. 시도 때도 없이 그녀의 반달눈이 자꾸 생각났다. 반달눈의 그녀가 가게에 나타나는 날이면 재식은 저도 모르게 얼굴이 발그레해졌다. 일부러 계산할 때 말도 걸어보곤 했지만 반달눈 그녀는 대꾸도 없이 새침하게 계산만 하고 돌아섰다.

"이거 얼맙니꺼? 이 빵은 이름이 뭐라예?"

새로운 빵이 나온 날, 반달눈 그녀는 재식에게 처음으로 질문했다. 재식은 그녀의 목소리에 거침없는 웃음이 터져 버렸다.

"와 그랍니꺼?"

놀란 반달눈 그녀가 인상을 쓰며 뒷걸음질을 쳤다.
"죄송합니다. 목소리가…. 허허헛."
재식은 걸걸하고 구수한 사투리를 쓰는 그녀의 목소리가 귀엽게만 들렸다.

오븐에서 갓 나온 빵을 바라보는 재식의 눈은 반짝거렸다.
"자네 빵 만들고 싶다고 했지?"
"네."
"그러면 저녁 시간에 학원에 다니면 어떻겠나?"
"가게는요?"
"저녁엔 내가 봐도 돼."
"네? 그래도 괜찮겠습니까, 사장님?"
"자네 보고 있으면 나 젊을 때 생각도 나고, 나도 딴 데서 제빵사 구하느니 자네하고 일하면 좋지 않을까 싶네."
"감사합니다, 사장님!"
재식은 허리가 반으로 접히도록 몸을 숙이고 한참 있었다. 이듬해 재식은 빵 만드는 사람이 되었다. 제과기능사, 제빵기능사 시험에 모두 붙었다. 제과,제빵 자격증! 재식에게는 훈장과 다름없었다. 사장과 함께 주방으로 들어가게 된 재식의 빈자리는 새 직원이 채웠다. 반달눈이 예쁜 그녀가. 그러잖아도 밝은 빵집이 이제 반짝반짝 빛나기까지 했다. 재식은 자신이 운이 좋은 사람이라는 생각이 들었다. 생전 처음으로.

반달눈이 예쁜 그녀의 이름은 '강은주'였다. 귀여운 외모에 털털하지만, 싹싹한 성격 덕분에 빵집에는 손님이 늘어 갔다. 재식은 그녀와 함께 일하는 게 즐겁기만 했다. 처음엔 말도 잘 못 걸었지만, 시간이 지날수록 그녀와 이야기하는 게 신이 났다. 아침부터 저녁까지 일주일에 닷새를 같이 지내는 두 사람은 어느새 연인이 되었다. 성실하고 우직한 재식과 귀엽고 털털한 은주는 잘 어울리는 한 쌍이었다. 두 사람은 일주일에 이레를 함께 지내자며 손가락을 걸었다. 부를 사람도 올 사람도 없는 두 사람은 결혼식 대신 빵집 사장 부부를 증인으로 삼아 혼인신고를 하고, 제주도로 2박 3일 신혼여행을 떠났다.

둘은 알콩달콩한 신혼을 이어 갔다. 재식은 은주와 함께한 순간부터 행복이라는 걸 알게 되었다. 얼마 지나지 않아 은주가 임신했고, 두 사람은 기쁨을 감추지 못했다. 그러나 임신 11주가 되기 전에 아기가 사라졌다. 자연 유산이었다. 마취에서 깬 은주는 눈이 퉁퉁 부은 채로 누워 있었다. '기대가 너무 컸던 걸까?' 어이없이 아기를 보내자 허무하고 허전한 마음보다 지키지 못했다는 죄책감에 마음이 힘들었다. 퇴원 수속을 하고 병실로 돌아온 재식.

짐 하나 챙기지 않고 돌아누워 있는 은주의 등이 울고 있었다. 재식은 침대에 올라가 등 뒤에서 은주를 꼭 안았다. 애처로운 은주의 등은 금방이라도 부서질 것만 같았다.

"비좁은데 와 이랍니꺼. 사람들 보구로."

눈물 젖은 은주의 목소리, 무너져 내릴 것 같은 은주의 몸이 재식의 가슴에 깊은 한숨으로 새겨지고 있었다. 재식의 심장은 은주의 한숨으로 타들어 가고 있었다. 은주의 슬픔이 자신에게로 몽땅 넘어오라고 마음으로 기도했다.

"은주야, 힘들었지? 나는 은주 니만 안 아프면 된다. 니만 있으면 다른 건 다 필요 없다."

은주는 그렇게 첫 아이를 보냈다. 몸은 빨리 회복됐지만 마음은 그렇지 않았다. 허한 마음과 사라지지 않는 죄책감에 은주는 웃을 수가 없었다.

"어디 아픕니까? 무슨 일이라도 있습니까? 요새는 통 웃는 걸 못 보겠네요."

"그렇습니꺼? 아무 일도 없어예."

"그럼, 뭐 하나 해 볼랍니까?

"뭐예? 제가 할 수 있는 겁니꺼?"

항상 밝게 웃던 은주의 달라진 모습에 빵집 손님들이 걱정하며 안부를 물었다. 매일 와서 빵을 사던 희망원 원장은 은주에게 봉

사 활동을 제안했다. 은주는 원장의 제안에 솔깃했다.
"희망원이라고예? 뭐 하는 뎁니꺼? 제가 할 줄 아는 게 없는데, 가서 청소나 설거지라도 하믄 되는 깁니꺼?"

그렇게 시작된 희망원 나들이는 시간이 지날수록 은주의 마음에 안정을 가져다주었다. 은주는 희망원에 가는 날이 기다려졌다. 재식에게 몇 번이나 말하려다가 타이밍을 놓친 은주는 적당한 기회가 오리라고 생각했다. 다음 해에 은주는 다시 임신했고, 빵집을 그만두었다. 아기를 지키고 싶었다. 하지만 3개월을 못 채우고 또 아기를 보내고 말았다. 그 뒤로 임신한 은주의 모습은 더 이상 볼 수 없었다. 병원에서는 더는 아이를 가질 수 없다고 했다. 은주의 예쁜 반달눈은 또다시 웃음을 잃었다.

"많이 힘들었지? 나는 진짜 괜찮다, 괜찮아. 나는 니만 있으면 된다, 은주야."

"은주야, 뭐 하고 싶은 거 없어? 아니면 가고 싶은 데는? 먹고 싶은 건? 뭐든지 말만 해. 내가 다 해 주께."

재식의 자상한 권유에도 은주는 대답이 없었다. 은주는 매일 집에 처박혀 방에서 꼼짝도 하지 않았다. 재식이 출근할 때 차려 놓은 밥상은 퇴근할 때까지 그대로였다. 재식은 은주의 웃는 반달눈이 너무 보고 싶었다.

그렇게 한 주가 지나고 두 주가 지난 어느 날, 목소리가 있었는지도 기억조차 나지 않던 은주가 재식에게 말을 꺼냈다.

"옷집 한번 해 보까 싶은데예."

"옷집?"

"옛날부터 생각해 온 건데, 내 옷집 함 해 볼랍니다."

"옷집? 하고 싶은 게 있었구나. 그래, 잘 됐다. 해, 옷집. 언제부터 할래? 내가 뭘 해 주면 되지?"

재식은 옷집을 하겠다는 은주의 말이 살고 싶다는 말처럼 들렸다. 은주마저 잃을까 봐 속으로 끙끙 앓던 재식은 은주가 다시 입을 연 게 너무나 반갑고 고마웠다.

"여보, 근데 부탁 하나만 들어주이소. 내랑 어디 좀 가입시더."

"부탁? 말만 해. 다 들어 주께."

"한 달에 한 번씩 가는 데가 있는 데예. 이때까지는 내 혼자 댕겼는데, 앞으로는 같이 가입시더."

은주의 손에 이끌려 간 곳은 보육원이었다.

'희망원.'

재식은 생각지도 못한 장소에 당황했고, 은주가 자신에게 말하지 않았다는 사실에 서운했다.

"보육원은 언제부터 다녔어? 나한테 말은 왜 안 했는데."

은주에게 대한 섭섭함을 담고 어색하게 들어간 희망원. 희망원 원장님과 선생님들과 인사, 똘망똘망 쳐다보는 아이들의 표정에 재식의 어색함은 어느새 사라졌다. 재식은 아이들과 어울려 축구를 하고 함께 샤워하고 점심을 먹었다. 그리고 아이들의 이불, 산처럼 벗어놓은 옷들을 세탁하고 화장실을 청소했다. 보육원 청소를 하면서도 재식의 눈은 은주에게서 떠나지 않았다. 유산한 이후 처음 보는 밝은 얼굴에 재식의 서운한 마음이 은주의 예쁜 반달눈으로 다시 채워지고 있었다.
"앞으로는 꼭 같이 오는 거다. 어딜 가든 혼자 다니지 마."

재식과 은주가 함께 희망원을 다닌 지 1년이 지난 어느 봄날, 두 사람만 보면 유독 잘 웃는 17개월 된 남자 아기를 집으로 데려왔다. 그리고 다음 해, 빛나는 까만 눈동자를 가진 15개월 된 남자 아기도 함께하기로 했다. 은주와 재식은 두 아이를 축복과 감사라고 불렀고, 동네 사람들은 선호, 선우라고 불렀다.

2025년

 따가운 아침 햇살에 어설프게 잠이 깬 민아는 떠지지 않는 두 눈을 비비며 주위를 살폈다. 낯선 방, 아무렇게나 널려 있는 옷가지가 눈앞에 어른거렸다. 민아는 주섬주섬 옷을 걸치고 가방을 챙겨 방에서 나왔다. 머리가 지끈거려 양 손가락으로 관자놀이를 누르며 버스를 기다렸다. 어젯밤 희영과 마신 술이 아직도 몸 안에 그대로 있는 것 같았다. 짜증 나는 편두통과 속쓰림에 눈썹을 찡그리며 버스정류장 벤치에 걸터앉았다.
 "하….."
 바깥 공기를 쐬니 조금씩 정신이 돌아오는 것 같았다. 그리고 조각조각 떠오르는 어젯밤의 일이 퍼즐처럼 하나씩 맞춰졌다. 술집에서 합석한 남자 둘과 떠들썩한 자리가 이어졌고, 시답잖은 농담에도 말이 안 되는 소리에도 웃고 떠들며 밤을 새웠다.

'내 옆에 앉아 있었던 애가 누구였지? 누구면 어때. 두 번 볼 사이도 아닌데.'

조각난 기억이 나타났다가 사라지기를 반복하며 민아의 머릿속을 헤집고 돌아다녔다. 머리를 흔들자, 속이 울렁거렸다. 버스정류장 뒤로 편의점이 보였다. 숙취해소제 두 병을 따서 한 모금처럼 부어 넣었다,

민아가 일하는 헤어숍은 시내에서도 꽤 크고 유명한 곳이었다. 디자이너가 여섯 명, 민아와 같은 보조가 네 명, 대표는 남자 원장이었다. 왼쪽으로 가르마를 탄 원장의 짧은 머리는 포마드로 정리되어 한 올의 흐트러짐도 없었다. 약간 그을린 얼굴은 눈가에 잡히는 주름 몇 개를 제외하고는 팽팽하고 광이 나는 피부였다. 잘생기진 않았지만 단정하고 깔끔한 인상이었다. 170cm 정도의 아주 크지도 작지도 않은 키였지만, 다부진 몸매에 정장을 주로 입었다. 셔츠에 슈트, 브라운 계열의 로퍼를 애용하는 원장을 민아는 킹스맨이라고 불렀다. 나이를 가늠할 수 없는 원장은 60세가 넘었다는 말도 있고, 40대라고 하는 말도 들렸다. 원장은 헤어숍

오픈 시간에 출근, 매장을 둘러본 뒤, 헤어 디자이너들과 모닝커피를 마시며 그날의 일과를 회의했다.

 여자 디자이너 네 명, 남자 디자이너 두 명, 보조 네 명은 모두 여자였다. 다들 무난한 성격이라 지내는 데 별문제는 없었다. 한 사람을 제외하고. 헤어디자이너 A의 특기는 보조를 개무시하는 것이었다. 그러다 보니 A와 아무 일 없이 하루를 보내는 것이 보조들이 아침마다 하는 기도였다. 안하무인 A는 보조들의 뒷담화 주인공이었다. 민아와 희영이 친해진 것도 A 덕분이었다. 건망증이 심한 희영은 디자이너가 시키는 일을 자주 까먹었다. 순서가 틀릴 때도 많았다. 샴푸하고 컷트한다고 했는데, 컷트하고 샴푸하는 줄 알고 컷트 준비를 먼저 한다거나, 염색약 컬러를 잘못 찾기도 했다. 이런 날에는 전 스태프 앞에서 A가 내뱉는 모진 수모를 견뎌야 했다. 희영이 헤어디자이너 A에게 대차게 까인 날, 민아가 먼저 희영에게 다가갔다.

 "소맥에 닭 목살 어때요?"

 그날 저녁, 둘은 가게에서 멀리 떨어진 곳에서 만났다.

 "술 잘 마셔?"

 "뭐, 못 마시진 않지."

 쌓여 가는 빈 술병, 쏟아지는 뒷담화. 두 사람의 수다는 그칠 줄 몰랐고, 진한 술자리는 밤을 넘겼다.

"앞으로 우리 친구 하는 거다. 술친구, 같이 노는 친구."
 이후 민아와 희영은 두 사람을 힘들게 하는 사람들을 안주 삼아 술잔을 부딪치는 날이 늘어 갔다.

 민아는 희영과 돼지국밥과 순대를 앞에 두고 술잔을 비우고 있었다. 툴툴대는 희영의 최고의 위로 선물은 투명한 소주였다.
 "아 진짜, 미친 거 아냐? 그 여자 꼴 보기 싫어서라도 당장 때려치우든지 해야지, 아휴."
 "하루이틀이니? 그냥 그러려니 해."
 "오늘은 진짜 너무 한 거 아니냐? 나, 많이 참았다. 참는 것도 한계가 있다고. 지가 잘나면 얼마나 잘났다고. 할 말, 안 할 말 구분도 못 하는 주제에, 재수가 없으려니, 진짜."
 오늘은 다른 날보다 더 정신없는 날이었다. 예약도 꽉 차 있고, 예약 없이 방문하는 손님도 많았다. 희영은 A가 지시한 컬러가 아닌 엉뚱한 컬러로 손님의 머리를 염색해 버렸다. 보통은 희영도 A도 시술 전에 꼭 확인하는데, 오늘은 둘 다 깜빡했다. 희영의 실수가 불러온 결과는 엄청났다. 화가 난 손님은 매장을 뒤흔들었고, 손님에게 사과하고 겨우 사태를 수습한 A는 손님이 가자마자 참았던 짜증과 화를 고스란히 희영에게 쏟아 냈다.
 "넌 한글도 모르니? 숫자도 못 읽어? 일한 지가 얼만데 이런 기

본적인 것도 똑바로 못 해? 도대체 제대로 하는 게 뭐야? 단골 중에서도 제일 중요한 손님인데, 이제 어쩔 거야. 다시 안 오면 니가 책임져!"

A는 희영에게 멍청하다, 게으르다, 성격이 이상하다 등등 업무와는 전혀 상관없는 잔소리에, 지난 잘못까지 들춰내며 희영을 쥐잡듯이 잡았다.

"저기요. 두 분 이야기 중에 죄송합니다."

얼핏 봐도 180cm는 되어 보이는 멀끔한 남자가 민아네 테이블 옆에 있었다.

"저도 친구랑 둘이 왔는데, 저희랑 같이 마시는 거 어떠세요?"

갑자기 나타난 남자를 희영과 민아는 놀란 눈으로 올려다봤다.

"저희랑 얘기가 잘 통할 것 같아서요."

민아와 희영은 이야기에 빠져 있느라 옆에 사람이 와 있는지도 몰랐다. 언제부터 서 있었는지 모를 남자는 유들유들한 미소를 날리며 두 사람을 빤히 바라봤다.

'언제 봤다고 얘기가 잘 통한대. 참 나.'

민아와 희영은 하던 얘기를 멈추고 눈빛을 교환했다. 키 큰 사람 좋아하는 희영은 그 남자를 보자마자 눈꼬리가 내려가 있었다. 민아는 친구라는 남자 쪽으로 눈을 돌렸다. 민아 쪽에서 보면 등을

지고 앉아 얼굴이 보이지 않았지만, 고개를 돌릴 때마다 언뜻 보이는 얼굴선이 나쁘지 않았다. 연예인 누구를 닮은 것 같기도 하고, 멀리서 봐도 날렵한 콧날이 선명했다. 하지만 이미 몸 안에 퍼지고 있는 소주 세 병의 영향으로 확신할 수는 없었다. 다만 희영의 넋두리도 슬슬 지겨워지던 참이라 뉴 페이스의 등장이 신선했다. 막히는 8차선 대로에서 울려 대는 자동차 경적 같던 희영의 이야기가 멈추었다. 네 사람은 포차로 자리를 옮겼다.

'희영은 키 큰 남자, 민아는 잘생긴 남자.'

키 큰 남자가 친구를 부를 때 그렇게 부른 것 같았다. 방금 만난 네 사람이었지만, 수십 년을 알고 지낸 고향 친구들이 동창회라도 하는 것 같은 분위기였다. 시간이 얼마나 지났는지는 아무도 신경 쓰지 않았다. 얼큰하게 취한 밤이 지나가고 있었다.

'부르륵, 부르륵.'

민아는 꿈인지 생시인지 구분이 안 되는 정신으로 베개 밑에 손을 넣었다. 요란하게 진동하던 핸드폰은 이내 잠잠해졌다.

부재중 전화 12통.

'010-XXXX-YYYY.'

같은 발신 번호가 찍힌 핸드폰이 다시 울렸다. 자고 싶은 두 눈은 뜨지도 못한 채 억지로 입술만 벌렸다.

"여보세요."
"이제 받으시네요."
"누구세요?"
"나야, 나. 재훈이."
'뭐래.'
"…."
"일어난 거 확인했으니까 됐다. 더 자."
'미친.'
11시 47분.
민아는 침대 밖으로 핸드폰을 던지고, 머리끝까지 이불을 끌어올렸다.

*

 어디선가 계속 울리는 전화벨 소리에 억지로 떼어진 눈꺼풀이 무거운 이재훈이었다. 벨 소리가 시끄럽게 울려 댔지만 어디서 나는 소리인지 알 수가 없었다. 꼼짝도 하기 싫은 몸뚱이는 이불 속에 남겨 두고, 머리만 이불 밖으로 내밀었다. 침대 아래로 고개를 숙여 소리 나는 곳을 찾았다. 핸드폰이 침대 밑 한가운데서 지치지도 않고 울리고 있었다. 손을 뻗어도 닿지 않자 그냥 포기하고 다시 이불 속으로 숨었다. 잠시 후, 짜증 나는 벨 소리에 재훈은 벌떡 일어났다.

"에잇, 시끄러워 죽겠네!"

재훈은 야구방망이를 찾아와 침대 아래를 마구 쑤셔 댔다. 핸드폰에 묻은 먼지를 후후 불어 창민의 이름을 확인하고는 다시 드러누워 베개 위에 핸드폰을 얹고 스피커폰으로 연결했다.

"아, 왜?"

"새끼, 뭐 하느라 전화도 안 받고. 열 번도 넘게 걸었잖아."

"안 받으면 나중에 걸면 되지. 미친놈아."

"시끄럽고, 뭐하냐?"

"왜?"

"저녁 먹을래?"

"니가 사는 거냐?"

"형님이 좋은 자리를 만들어 줄 테니까, 밥은 니가 사라."

저녁 6시, 약속 장소에 도착한 재훈은 창민을 찾았다.

'장소 꼬라지 하고는.'

지하로 내려가는 계단부터 술에 찌든 쿰쿰한 냄새가 확 올라왔다. 문을 열자 청소하는 알바생이 보였다. 그리고 입구에서 한참 떨어진 안쪽에 익숙한 뒤통수가 보였다.

'이 시간에 호프집이라니.'

맥주를 좋아하지 않는 재훈은 마땅찮은 얼굴로 썰렁한 실내를 가로질러 창민에게로 성큼성큼 걸어갔다.

"뭐야, 이런 데서."

재훈은 핸드폰을 보고 있는 창민에게 다짜고짜 말했다.

"있어 봐. 지금 오고 있대."

"호프집은 뭐냐? 나 맥주 별로인 거 알면서."

창민은 재훈의 말에 대꾸도 없이 본인의 핸드폰만 보며 낄낄거리고 있었다.

"야!"

재훈이 소리를 빽 질렀지만, 창민은 그러거나 말거나 핸드폰에서 눈을 떼지 않았다. 눈을 핸드폰에 고정한 채로 재훈의 등을 토닥이며 입을 열었다.

"친구야, 지금 미모의 여성 둘이 우리에게 오고 있단다. 오면 잘해라. 괜히 시비 걸지 말고."

입구 쪽에서 여자 목소리가 들려 왔다.

"어서 와."

언제 일어났는지 창민은 여자들이 오는 쪽으로 걸어가더니 둘을 에스코트해 자리로 데리고 왔다. 여자들은 비슷한 키, 160cm 정도 되어 보였다. 긴 웨이브 머리에 풀 메이크업을 하고 나타났다. 하나는 딱 붙는 청바지에 헐렁한 니트를 입었고, 다른 하나는 짧은 치마에 딱 달라붙는 티셔츠를 입고 있었다.

'화장이 너무 진해.'

재훈은 벌써 싫어졌다. 재훈은 화장이 진한 여자는 별로였다.

'미모의 여성? 어이없네. 새끼, 니가 하는 일이 그렇지 뭐.'

네 사람은 시시껄렁한 이야기로 피식거리며 술잔을 부딪치기 시작했다. 동갑이라고 하는데 재훈은 믿지 않았다. 아무리 봐도 최소 서너 살은 많은 것 같지만, 중요하지 않았다. 재훈은 메뉴판에 소주가 있는 걸 발견하고 소주를 주문했다.

네 사람 모두 술 마시는 것도, 말하는 것도 내숭 없이 시원시원했다. 알코올이 들어가자, 재훈의 기분이 조금씩 풀렸다. 창민은 치마 입은 여자가 마음에 들었는지, 테이블에 술병이 쌓이자 아예 대놓고 티를 내기 시작했다. 창민은 그녀 옆에 바싹 붙어 앉았고, 무슨 이야기인지 들리진 않았지만, 여자는 웃느라 정신이 없었다. 재훈은 화장실도 가고 싶고, 담배 생각도 났다. 잠시 자리를 비웠다가 다시 자리로 돌아간 재훈의 눈앞에는 어이없는 장면이 펼쳐지고 있었다.

반바지 아래, 양쪽 종아리까지 내려온 시퍼런 문신, 다부진 덩치, 얼핏 봐도 재훈보다 나이 많아 보이는 껄렁껄렁한 남자 둘이서 창민에게 시비를 걸고 있었다.

"어이, 이 여자들하고 무슨 사이야? 어? 무슨 사이냐고!"

욕만 안 했지, 비아냥거리는 말투가 꽤 위협적이었다. 겁먹은 창민이 여자들을 쳐다보니, 자기네들끼리 낄낄거리며 눈짓하고 있었다. 여자들은 창민과 재훈을 도와줄 생각이 전혀 없어 보였다.

'이것들, 다 한 패군.'

뭔가 잘못된 게 분명했다. 싸한 느낌이 왔다.

'씨발, 잘못 걸렸네.'

재훈은 창민의 종아리를 툭툭 치며 눈짓했다.

"튀어."

먼저 튀어 나간 재훈, 뒤따라 나온 창민. 둘은 한참을 달리다가 눈에 띄는 편의점 안으로 몸을 숨겼다. 편의점 안에서 밖을 살피며 이리저리 둘러봤다. 창민은 맥주, 재훈은 생수 한 병을 들고 편의점 밖 테이블에 앉았다. 재훈이 먼저 말문을 열었다.

"뭐냐? 새끼야."

"그 새끼들 뭐지?"

재훈은 기가 찼다.

"그 여자들은 뭐냐? 아는 사람 맞아?"

"어제 PC방에 있는데, 내 옆자리 놈이 이쁜 애들 안다고 막 떠드는 거야. 내가 뻥까지 말라고, 되지도 않는 헛소리 집어치우랬더니, 진짜 있다고 만나보라고 난리잖아. 그래서 뭐, 심심하기도 하고. 그럼, 어제 그 새끼도 한 패인가?"

"미친놈, 뭐라는 거야?"

"동네 양아치들인지 몰랐지, 씨발. 우리한테 삥 뜯어 갈랬나?"

"뭐라는 거야, 미친놈이. 야, 너 앞으로 연락하지 마라. 어이없네, 진짜."

창민은 재훈에게 제대로 대꾸도 못 하고 맥주 캔만 만지작거렸다. 찌그러트린 맥주 캔을 쓰레기통으로 던지며 창민이 말했다.

"출출하다. 넌 배 안 고프냐? 뛰어서 그런가."

재훈은 딱히 배가 고프진 않았지만, 이 기분으로 집에 가는 것도 짜증 났다. 편의점 건너편에 돼지국밥집이 보였다. 재훈과 창민은 식당에 들어가 소주와 돼지국밥을 시켰다. 뜨끈한 국물이 구겨진 기분을 조금은 풀어 주는 것 같았다.

"야, 저기 여자 둘이 온 거 같은데. 괜찮아 보이지 않냐?"

창민은 부추를 국밥에 덜어 넣으면서, 재훈에게만 들리게 나지막이 말했다.

웨이브 진 단발머리는 목덜미에서 출렁거렸고, 여리여리한 몸매는 오버사이즈 청바지와 오버핏 맨투맨 티셔츠로도 알아볼 수 있었다. 하지만 재훈의 자리에서는 얼굴이 보이지 않았다.

"금방 그 난리를 쳤으면서, 또 여자가 보이냐? 진짜 미쳤네, 구제 불능 새끼."

재훈은 창민에게 짜증을 내며 여자 쪽을 흘깃 돌아봤다.
"아까 걔들보다 낫긴 하네. 하나는 단발, 하나는 긴 머리. 몸매도 하나는 여리여리, 하나는 글래머. 젠장 얼굴이 안 보이네."
창민은 여자 둘이 앉아 있는 쪽으로 연신 시선을 돌렸다.
"야, 여자들 얼굴도 굿인데. 귀요미 하나, 섹시미 하나."
창민은 조금 전 일은 이미 기억에서 사라진 것 같았다. 아니 애초에 아무 일도 없었던 것 같았다. 겁에 질려 졸보처럼 달리던 창민은 어디 가고, 키 크고 잘생긴 훈남 창민이 나타났다. 소주를 털어 넣던 입을 생수로 가글하더니 자리에서 일어났다.
"오케이? 간다."
창민은 이야기하느라 정신없는 두 여자 쪽으로 성큼성큼 걸어갔다. 여자들은 창민이 다가온 줄도 몰랐다. 여자들의 테이블에는 빈 소주병 두 병과 국물만 남은 돼지국밥이 있었다. 두 여자는 창민의 기척에 고개를 돌렸다. 하던 이야기를 멈춘 두 여자는 서로 눈빛을 교환했다.
"저기 있는 잘생긴 놈, 제 친굽니다. 같이 술이나 한잔하시죠."
창민은 앉아 있는 재훈을 향해 세상 다정한 미소를 날렸다.
'또라이 같은 놈.'
재훈은 창민과 여자들이 있는 쪽을 향해 눈인사를 보냈다. 귀요미, 섹시미, 훤칠이, 미남이. 처음 만난 네 사람은 어정쩡하게 인사를 나누고 식당을 나왔다.

"이제부터 시작입니다. 가시죠."

두 여자를 자연스럽게 이끄는 창민은 젠틀해 보이기까지 했다. 얼굴 가득 미소를 장착하고, 두 여자를 에스코트하는 창민을 보는 재훈의 어이없는 눈빛이 창민의 등을 따라다녔다.

'진짜 미친놈이야.'

세 사람은 다정한 뒷모습으로 무리 지어 앞서갔고 재훈은 아무 표정 없는 얼굴로 두어 걸음 뒤에서 따라가고 있었다.

자리를 옮겨 다시 시작된 술자리는 흥겹고 즐거웠다. 시종일관 분위기를 주도하던 창민은 자연스럽게 희영의 옆자리를 차지했다. 말도 잘하고 말도 많은 창민에 비해 조금은 조용해 보이는 재훈이 자연스럽게 민아 옆에 앉게 되었다. 민아의 가녀린 팔목에 붙은 파스가 재훈의 눈에 띄었다. 처음 본 남녀지만 지금 이 자리에서만큼은 죽마고우였다. 늘어 가는 술병과 반비례하는 기억력 사이에서 흔들리는 청춘이었다.

재훈은 국밥집에서 만난 그녀들이 흥미로웠다. 세련된 옷차림에 반반한 얼굴, 내숭 없는 성격까지 같이 놀다 보니 시간 가는 줄 몰랐다. 특히 단발머리에 가녀린 체구의 민아는 딱 재훈이 좋아하는 스타일이었다. 재훈은 단발머리 옆에 앉았을 때, 단발머리의 눈이 반짝이는 걸 놓치지 않았다. 말주변이 없는 재훈이지만 무슨 말만 하면 단발머리는 자지러지듯 넘어갔다. 재훈이 안주로 나온 떡볶이를 떠서 단발머리 앞에 놓자, 재훈에게 윙크를 날리기도 했다. 다들 만취 상태가 되어 술집을 나올 때 재훈은 휘청거리는 민아를 단단히 잡았다. 재훈에게 반쯤 안긴 채 비틀거리는 민아와 재훈은 버스정류장 벤치에 앉았다.

"야, 정신 좀 차려 봐. 너 집 어디야?"

"아저씨…. 누구세요? 음, 나 혼자 갈 수 있어. 흐흐. 2차 가자."

민아는 핸드폰에 대고 알아듣지도 못하는 말을 되풀이했다. 재훈은 민아의 손에서 핸드폰을 빼앗아 한참을 만지작거렸다. 한참 재훈의 손에 있던 민아의 핸드폰은 다시 주인 손에 쥐어졌고, 재훈은 정신없는 민아를 겨우겨우 택시에 밀어 넣었다. 민아를 태운 택시가 사라지는 걸 보며 재훈은 담배에 불을 붙였다. 얇고 긴 담배는 천천히 타들어 갔고 재훈의 한쪽 입꼬리는 실룩거렸.

재훈은 어젯밤 민아 핸드폰에서 가져온 전화번호와 사진들을 정리하고, 위치 추적 앱을 확인했다. 그리고 민아에게 전화했다. 전화를 받지 않자, 재훈은 걸고 또 걸었다.

"여보세요."

자다 깬 민아의 목소리가 들려왔다. 1분도 되지 않는 짧은 통화. 재훈은 민아의 목소리를 확인하고는 다시 이불 속으로 들어갔다.

2019년

'말하지 말걸, 괜히 말했어.'
지원은 엄마에게 털어놓고, 더 혼란스럽기만 했다.
 '지금 나에게 벌어지고 있는 이 모든 일, 지금의 이 상황, 과연 내가 감당할 수 있을까?'

"똑똑."
"지원 학생."
"똑똑."
"지원 학생, 지원 학생⋯."
"네."

불빛 하나 없는 캄캄한 방 안에 갇힌 것 같은 지원은, 이름을 부르는 것도, 방문을 두드리는 것도 알아채지 못했다.

깍두기 모양으로 먹기 좋게 손질된 수박과 우유 한 잔, 지원이 좋아하는 달걀 샐러드가 듬뿍 들어간 샌드위치가 담긴 쟁반을 들고 도우미 아줌마가 방으로 들어왔다.

"지원 학생, 아직도 입맛이 없어?"

"…."

"이렇게 먹질 못하니, 걱정이다. 큰일이네.

며칠째 제대로 밥 한술을 뜨지 못한 지원이었다. 밥 생각도 없었고 허기도 지지 않았다. 하지만 도우미 아줌마가 들고 온 쟁반의 샌드위치에 갑자기 허기가 몰려왔다.

"아줌마, 저 샌드위치 먹을래요."

"그래, 그래. 뭐라도 먹어야지. 지원 학생이 먹고 싶다고 말하니까 이제야 마음이 좀 놓이네. 잘됐다. 다행이야. 어서, 먹어."

지원 앞으로 쟁반을 바싹 당겨 주던 도우미 아줌마는 책상 위 노트북 화면에 떠 있는 미혼모 센터 사이트가 눈에 들어왔다.

"엄마랑 다시 이야기해 보면 어때?"

"…."

"지원 학생, 엄마도 속상해서 그러는 거야."

"진짜요?"

"그럼, 그럴 거야. 괜히 굶지 말고, 알겠지?"

도우미 아줌마는 쟁반을 두고 나가며 조용히 방문을 닫았다. 제 부모가 무서워 식탁 근처에도 나타나지 못하는 지원을 위해 도우미 아줌마는 먹을 게 가득 담긴 쟁반을 들고 매일 지원의 방을 찾았다.

일주일이 지난 어느 밤.

"아줌마, 나 학교 그만둘까 봐요. 이 몸으로 학교에 다니는 것도 그렇고, 아기가 태어나면 어차피 다니지도 못할 건데."

"지원 학생, 아기… 낳을 생각이야?"

"네."

"부모님은 어쩌고?"

"부모님은 지우라는 말밖에 안 하는걸요."

"지원 학생 생각해서 그러는 거겠지."

"울 엄마 아빠가 절 걱정한다고요? 그런 건 아닌 것 같아요."

"그럴 리가, 지금은 화가 나니까…."

"아니에요. 내가 쪽팔린 거예요. 남들 앞에 자랑할 수 없는 나 같은 딸은 없는 게 낫다잖아요, 아니 애초에 생기질 말아야 했다잖아요. 나 같은 딸…. 필요 없다잖아요."

기어들어 가는 지원의 목소리는 한숨으로 바뀌고, 숙인 고개 끝에 눈물이 맺혔다.

"아휴, 가여워서 어쩌누."

도우미 아줌마의 흔들리는 눈동자 속으로 울음이 새어 나오고 있었다. 지원이 모르게 눈가를 훔치는 도우미 아줌마는 절망스러운 슬픔의 공기에 숨이 턱 막혔다.

"지금 절 지켜 주는 건, 이 아기뿐인 거 같아요."

"이 어린 게 힘들어서 어쩌누…."

도우미 아줌마는 지원에게 들리지 않게 입속으로 웅얼거렸다. 울음을 삼키기는 지원도 마찬가지였다.

"아줌마, 무서워요. 엄마도 아빠도 세상도…. 아무것도 모르겠어요. 막막하기만 해요. 한 치 앞도 볼 수 없고, 사방이 꽉 막힌 그런 곳에 혼자 버려진 거 같아요. 손도 뻗지 못할 만큼 겁에 질렸어요. 눈도 못 뜨겠어요. 눈앞에 뭐가 있을지 두렵기만 해요. 어떡해야 죠? 저는."

"지원 학생..."

도우미 아줌마는 애처로운 지원을 두 팔로 꼭 끌어안았다. 떨리는 지원의 몸은 비통했고 애절했다. 조금만 더 세게 안으면 바스러져 버릴 것 같았다.

'이 작고 여린 아이를 지켜주세요.'

도우미 아줌마는 마음속으로 기도를 올렸다. 지원에게 들리지 않도록 조심하면서.

"아줌마, 그래서 말인데요. 학교도, 이 집도 그만둘 거예요. 미혼모센터 알아봤어요."

"마음…. 굳힌 거야?"

"네."

"지원 학생, 이상하게 들릴 수도 있겠지만…. 내가 도와줄게."

"아줌마가요?"

신음 같은 지원의 목소리는 도우미 아줌마의 마음에 바늘처럼 콕콕 박혔다.

"지원 학생이야 똑똑하니까 잘 알아봤겠지만 그래도 다시 한번 살펴보고 골라서 가야 해. 무슨 일 생기면 나한테 꼭 연락하고. 내가 언제든지 도와줄게."

"고맙습니다."

지원은 인터넷으로 예약한 미혼모 센터를 방문했다. 깨끗한 건물과 상담 선생님의 선한 인상에 마음이 놓였다. 입소에 필요한 서류를 안내받고, 입소 생활에 관한 상담을 받았다.

'와 보길 잘했어.'

막막하고 불안했던 마음이 한결 놓였다.

"너, 그 애 낳기만 해. 그러기만 해. 그땐 내 딸 아닌 줄 알아!"

바퀴벌레 보듯이 쳐다보던 엄마의 얼굴이 불현듯 떠올라 머리를 흔들었다. 지원은 세면도구와 비상금, 간단한 물건들을 캐리어에 담은 뒤 잠이 들었다. 다음 날, 엄마 아빠가 없는 시간에 캐리어를 끌고 방에서 나왔다. 도우미 아줌마는 보온 도시락과 과일이 담긴 가방을 내밀었다. 애처롭게 떨고 있는 지원을 빈손으로 보낼 수 없었다. 앙상한 뼈가 고스란히 전해지는 차가운 지원의 손을 도우미 아줌마의 온기가 한참 덮어 주었다.

"지원 학생, 지원 학생이 좋아하는 반찬이랑 간식 좀 넣었어. 그리고 나랑 약속해. 아기 낳으면 꼭 집에 오는 거야. 알겠지? 내가 기다리는 거 잊으면 안 돼"

*

미혼모 센터 생활은 지원이 생각한 것보다 괜찮았다. 처음엔 서로 경계하고 곁을 주지 않았지만 비슷한 처지라 그런지 시간이 갈수록 이야기도 잘 통하고 고민도 들어 주는 사이가 되었다. 지원은 눈치 볼 사람이 없다는 게 게 제일 좋았다. 숨기기만 했던 아기, 임신에 관한 이야기도 할 수 있고, 임신 관리도 해 주었다. 병원에 가서 정기검진도 받고, 영양제도 먹을 수 있었다. 원하면 기술 같은 것도 배울 수 있다고 했다.

지원이 집을 나오고, 지원의 핸드폰은 시끄러운 알림음과 벨 소리로 바빴다. 울리는 벨 소리에 노이로제가 생길 것만 같았다. 모두 지원의 부모가 보낸 것. 감언이설부터 입에 담지 못할 흉한 말들. 그러나 결론은 하나였다.
'아이를 없애라.'
지원을 걱정하는 말은 어디에도 없었다. 지원은 핸드폰의 전원을 끄고 서랍 안에 넣어버렸다.

센터에서 보내는 시간은 잘도 흘러갔다. 들어와서 얼마간은 지겹기도 하고 불안한 마음에 낯선 사람들을 경계하기도 했지만, 지금은 친구도 생기고 마음도 편안해졌다. 무엇보다 남들의 시선을 걱정할 일이 없는 게 제일 좋았다. 신경 쓸 일도, 사람도 없었다.
"둘이 자매야?"
민아는 출산 예정일이 비슷한 지원과 이야기가 잘 통했다. 얼굴은 달라도 체격도 키도 비슷했다. 그러나 비슷한 외모와 달리 성격은 정반대였다. 민아는 생각보다 행동이 먼저였고, 늘 웃는 얼굴이었다.
'쟤는 뭐가 좋다고 맨날 웃는 거야?'
지원은 민아가 이상했다. 웃을 일이 없는데 뭐가 저렇게 즐거운지 궁금했다. 민아는 모두에게 다정했고, 사람들과 금방 친해졌다. 손재주가 좋아 뜨개질도 금방 배우더니 가방, 목도리도 쉽게 쉽게 완성했다. 요리도 잘해서 가끔 간식을 만들어 함께 먹기도 했다. 민아는 센터에서 지원해 주는 교육에도 열심히 참여했다. 미용학원에 다니면서 센터의 일을 도울 때도 많았다. 말이 없고 생각만 많은 지원은 자기와 달라도 너무 다른 민아를 보고 있으면 신기했고 신선했다.

"우리 집은 엄청 가난했어. 엄마랑 아빠가 매일 매일 일하는데도 돈이 없었어. 아빠는 주로 공사장에 나갔고, 엄마는 가사도우미도 하고 건물 청소도 하고 그랬어. 그런데 공사장에서 사고가 나서 아빠가 돌아가시면서 엄마가 다른 아저씨랑 살림을 차렸는데, 그 이후로 연락이 안 됐어. '서로 폐 끼치지 말고 사는 게 서로 도와주는 거야.' 엄마가 나가면서 그러더라. 그래서 난 열다섯 살부터 혼자 살았어. 편의점 알바도 하고 식당에서도 일했는데, 너무 피곤하니까 학교에 가면 잠만 자다 왔어. 수업 시간에 자고, 그래서 혼나고, 수업 마치면 알바하러 가고. 애들이랑 놀 시간이 없어서 친구도 없었어. 끔찍했지. 그런데 여기는 밥도 주고, 잠도 재워 주고, 아무 일도 안 해도 되고. 그래서 난 너무 좋아. 여기 있는 거."
  민아의 얼굴만 보면 전혀 상상이 가지 않는 이야기였다. 민아의 얼굴은 귀엽고 예뻤다. 표정이 어둡거나 그늘진 구석이라곤 찾아

볼 수 없었다. 아침햇살에 반짝거리는 아침이슬 같은 눈망울, 시원하게 웃는 입매가 매력인 민아다.

"돈이 없어서 가스, 전기 다 끊어지고 나니까 집에 있기가 너무 무서웠어. 그래서 밤거리를 헤매다가 그 새끼를 만났지. 밥 먹여 주고 재워 준다길래 따라갔어. 밥 주고 재워 주면 버텨 보려고 했거든. 그런데 자꾸 때리잖아. 돈 벌어 오라고 원조시키고, 나쁜 새끼였어. 난 그건 싫었거든. 다른 건 다 하겠던데, 그건 못 하겠더라고. 그래서 그것만 아니면 다 하겠다고 했는데, 들은 척도 안 하더라. 나만 보면 미친 듯이 달려들었어. 그러다가 임신한 거 걸려서 쫓겨났지. 근데 난 쫓겨나서 너무 좋아. 이렇게 밝고 따뜻한 곳에서 욕도 안 듣고, 좋은 말만 해 주고. 지금까지 살아 본 곳 중에서 여기가 제일 좋아."

민아는 거리낌 없이 자기 이야기를 들려줬다. 민아는 웃으면서 말하는데, 지원은 자꾸 눈물이 났다.

"난 여기서 가르쳐 주는 거, 하나도 빼놓지 않고 다 배울 거야. 배우는 거 전부 다 재밌어. 뭔가를 배울 때마다 점점 쓸모 있는 인간이 되어 가는 기분이 들어. 앞으로 미용 기술을 본격적으로 배워 볼까 해. 사람들을 이쁘게 해 주면 기분이 좋아질 것 같거든."

민아는 자기가 하고 싶은 일도 잘 알고, 계획도 있는 것 같았다.

그런 민아를 보면서 지원도 하고 싶은 일을 생각해 봤다. 하지만 딱히 떠오르는 게 없었다. 민아가 지원에게 물었다.

"넌 어떻게 할 거야? 생각해 봤어?"

"내가 키울 건데."

"뭐? 어떻게? 애 키우려면 돈이 얼마나 많이 드는데."

"민아 너도 임신한 거 알면서 병원에 가지 않고 여기 온 건, 낳아서 키우려고 그런 거 아냐?"

지원은 조심스럽게 민아를 쳐다봤다. 민아는 고개를 갸우뚱하더니 이야기를 이어 나갔다.

"글쎄, 솔직히 나는 아기 키울 자신 없어. 내 실수로 이렇게 됐지만, 함부로 없애는 것도 아닌 것 같고. 하지만 너무 두렵고 무서워. 내가 키우면 아기가 잘못될 것만 같거든. 아기를 위해서라도 나보다 훨씬 좋은 부모를 만나게 해 주는 게 더 나은 선택이 될 것 같아. 넉넉한 집안에서 돈 걱정 같은 거 없이, 마음씨 좋은 부모에게 사랑 많이 받고, 공부도 마음껏 할 수 있으면 좋겠어. 아기가 그렇게 살았으면 좋겠어. 나 같은 엄마 만나 봐야 좋을 게 뭐 있겠어. 잘해 줄 게 없는데. 나처럼 고생만 하면 어떡해. 나처럼 살지 말고, 편하게 살면 좋겠어."

웃음기 사라진 민아의 얼굴이 진지했다.

"이지원, 어쩌려고 니가 키운다는 거야?"

"글쎄, 난 내 몸 안에 생명이 생긴 게 신기했어. 글쎄, 뭐라고 해야 하나? 음, 내 몸 안에서 나를 의지하는 뭔가가 살아 움직이는 게 좋았어. 내가 대단한 사람인 것처럼 느껴지더라."

*

지원은 갑자기 양수가 터져서 병원으로 향했다. 입원하고 반나절 넘게 진통한 끝에 이쁜 딸이 태어났다. 아기가 나오는 순간까지 걱정이 많았던 지원은 힘겨운 산고 끝에 아기가 빠져나가자, 바람 빠진 풍선처럼 늘어져 버렸다.

막 태어난 아기는 어릴 때 갖고 놀던 인형처럼 작은 몸뚱어리에 조그마한 팔과 다리가 버둥거렸고, 발그스레한 얼굴로 눈도 뜨지 못한 채 울기만 했다.

'아기 얼굴이 원래 이런가?'

지원이 아파서 죽을 것 같은 순간에, 자기 몸속에 있던 아기는 세상에 나와 생명을 얻는 것이 참 요상하다는 생각이 들었다. 동시에 아기를 지켜 냈다는 사실에 자신이 대견한 기분도 들었다. 아기의 얼굴은 쭈글쭈글하고 벌겠다. 상상했던 아기의 얼굴이 아니었다. 이제 막 태어난 자신의 아기를 보는 지원의 초점 없는 눈은 건조하고 삭막했다. 긴장과 불안으로 경직됐던 지원의 온몸엔

찢어지는 아픔이 지나가자, 일순 맥이 풀렸다.

 미혼모 센터로 다시 돌아온 지원과 아기, 그리고 민아와 민아의 아기가 만났다. 세상 끝인 줄 알았던 이곳에서 새로운 인생이 시작되고 있었다. 민아는 아기를 물고 빨며 예뻐했다.

 "너무 신기하지 않아? 어쩜 이렇게 이쁘니. 요 조그만 얼굴에 눈, 코, 입이 다 있어. 손 좀 봐봐. 아휴, 저 발은 또 어떡해."

 지원은 아기가 빠져나간 자신의 몸이 당황스러웠다. 쭈글쭈글 늘어난 뱃가죽, 아기가 있었던 아랫배엔 불편한 통증이 대신했고, 기분도 몸도 무겁기만 했다. 아기를 봐도 예쁜지 좋은지 알 수가 없었다. 우울한 기분만 계속되었다. 지원보다 회복이 빠른 민아는 금세 웃는 얼굴을 찾았다. 제 아기가 이쁘다며 밤낮으로 끌어안고 있었다.

 '진짜 이쁜가? 어디가 이쁘다는 거지? 지가 키울 것도 아니면서, 저리 좋을까?'

 지원은 아기를 안고 있는 민아를 보면 헷갈렸다. 지원이 이런 생각을 하건 말건, 민아는 뭐가 그리 좋은지 유난을 떨며 아기와 함께 있었다. 젖몸살이 나도 짜증 한 번 내지 않고 젖을 물리고, 끼니때마다 미역국도 두 그릇씩 먹었다. 입맛이 없는 지원은 민아의 행동 하나하나가 낯설고 어색하기만 했다. 민아가 웃건 말건 지원은 민아에게 짜증을 부리며 자신의 걱정을 쏟아 냈다. 민아는 그런 지원을 웃으며 받아 주었다.

두어 달이 지나자, 지원의 기분도 조금씩 나아지는 것 같았다. 쭈글쭈글하고 벌겋기만 하던 아기의 얼굴은 뽀얗고 동글동글하니 살이 오르고 있었다.

"지원아 나, 여기 곧 나갈 것 같아."

"어딜? 벌써?"

"우리 아기도 다음 주 목요일이면 입양 절차가 끝난다고 하고, 나도 여기 계속 있을 순 없잖아."

"민아야, 그럼 나는?"

"너? 너는 아기 키울 거라며. 나도 살 궁리를 해야지. 센터에서 연계해 주는 데서 미용 기술 배우려고. 난 평생 꿈이라는 게 없었는데 여기 와서 생겼잖아. 사람들 이쁘게 만들어 주는 거. 난 그런 거 하면 기분이 좋아지더라. 언젠가 네 머리도 꼭 내가 해 줄게."

며칠 뒤 민아가 떠났다. 민아가 없는 센터, 지원도 얼른 떠나고만 싶었지만, 뾰족한 방법은 떠오르지 않고 시간만 흘렀다.

'아기 낳으면 집으로 와. 내가 도와줄게.'

불현듯 도우미 아줌마의 말이 떠올랐다. 이제 곧 센터에서 나가야 하지만, 지원과 갓난아기를 반기는 곳은 없었다.

'기다릴께, 지원 학생.'

도우미 아줌마의 말이 떠올랐지만, 한편으로는 엄마 생각에 울컥했다. 병원에 가자고 불같이 화를 내던 엄마가 너무, 너무 보고 싶었다. 엄마의 전화번호를 누르기만 하고 끊어 버리기를 수백 번, 신호음만 듣고 끊기를 수천 번. 차마 통화할 용기가 나지 않았다.

2020년

지원은 아기와 함께 집으로 왔다. 현관의 도어록을 누르는 손가락이 떨렸다. 바뀌지 않은 비밀번호, 지원의 입에서 안도와 걱정의 한숨이 새어 나왔다.

"띠리릭"

현관문을 열자마자 보이는 여자의 실루엣, '혹시 엄마?' 지원의 몸이 앞으로 움찔했다.

"어서 와. 기다리고 있었어."

"아줌마…."

도우미 아줌마와 지원이 눈이 마주쳤다. 마주 선 두 사람의 눈가가 뜨거워졌다. 지원의 두 뺨에는 애처로운 눈물이 하염없이 떨어지고 있었다. 도우미 아줌마는 지원의 품에서 잠든 아기를 받아 안고, 지원의 방으로 들어갔다. 지원의 침대 안쪽으로 아기를 눕히고, 방문이 꼭 닫히지 않도록 살짝 열어두고 나왔다. 그 자리에 그대로 서 있는 지원을 단단하고 따뜻하게 안아 주었다.

"고생했다, 고생했어."

"흑흑…."

지원은 밥 먹으라는 이야기에 고개를 저으며 방으로 들어가 잠든 아기 곁에 살며시 누웠다. 얼마나 잤을까, 방문 너머로 시끌시끌한 소리가 들렸다. 지원은 천정을 바라보며 주먹을 불끈 쥐었다. 심호흡을 세 번 한 뒤 아기가 깨지 않게 미끄러지듯 침대에서 빠져나왔다. 방문 손잡이를 잡았지만, 돌릴 수가 없었다. 손잡이를 잡은 손이 쥐가 난 것처럼 저릿해 왔다. 곤히 자는 아기의 숨소리와 지원의 심장 소리만 방안에 울리고 있었.

주방에서 찻잔을 들고 싱크대와 식탁 사이를 오가며 통화하던 자연은 식탁에 앉으려고 의자를 빼다 말고 감전된 사람처럼 그 자리에 굳었다. 마치 유령이라도 본 듯 놀라서 커진 눈으로 살피더니, 눈앞에 있는 사람이 지원이라는 걸 서서히 깨달았다.

"지, 지원이?"

지원은 방에서 나와 주방에서 서성이는 엄마의 뒷모습을 보았다. 싱크대 앞에서 머그잔을 들고 있는 엄마를 보자 쿵쾅거리는 심장 소리가 점점 커졌다. 6개월간 어학연수 다녀온 철없는 딸처럼 엄마에게 뛰어가 안기면 좋겠다는 생각이 빠르게 지나갔다.

"엄마…."

엄마라는 말에 다른 말을 이을 틈도 없이 뜨거운 눈물이 먼저 나왔다. 자연은 잠시 지원을 쳐다보더니 무슨 생각을 하는지 알 수 없는 얼굴로 식탁에 앉았다.

"엄마…."

지원은 자연이 앉아 있는 식탁으로 다가갔다.

"너, 꼴이 그게 뭐니?"

엄마에게로 다가가던 걸음이 주춤했다.

"엄마 딸로 살 때가 좋았지. 이제 정신 좀 차렸니? 제정신 돌아온 거 맞지? 근데 너 일단 좀 씻어야겠다. 모양새 하며 이 냄새는 또 뭐니? 일단 오늘은 씻고 자라. 내일 너, 좀 인간처럼 만들어 놓고 그다음에 이야기하자. 너, 꼬락서니가! 지금은 아무 말도 하고 싶지 않네."

"엄마… 나 아기하고 같이 왔어."

지원은 떨어지지 않는 입술을 겨우 옴짝거리며 웅얼거렸다.

"뭐라는 거야? 할 말 있으면 내일 하자고. 참, 아빠한테는 무조

건 싹싹 빌어. 알았지?"

"아기… 있어."

생전 처음 듣는 언어를 들은 사람처럼 멍하니 지원을 바라보던 자연의 숨소리가 가빠졌다. 들고 있던 머그잔을 사정없이 집어 던졌다. 거친 숨소리, 달아오른 얼굴, 잡아먹을 듯한 눈빛, 성난 야수처럼 지원의 코 앞으로 다가왔다.

"지금 뭐라고 했어? 다시 말해 봐. 뭐라고?"

"….."

"아기? 아기라 그랬니? 어!"

"엄…. 마"

"지우랬잖아. 미쳤어? 너 지원이 맞아?"

"….."

"거짓말이지? 거짓말이야. 너 지금 장난치는 거지, 어? 어!"

"엄마…."

"엄마라고 부르지도 마. 내 딸은 이렇지 않아. 내 딸 어딨어! 내 딸 내놔!"

지원은 머리채를 붙든 자연의 억센 손을 뿌리치고 방으로 뛰어 들어갔다.

*

정례는 문밖에서 들려오는 소란에 자기도 모르게 긴장했다. 지원 엄마의 고성이 정례의 신경을 날카롭게 찢었다. 침대 모서리에 엉덩이만 걸친 채 밖이 잠잠해지길 기다렸다. 물컵을 쥔 손가락에 저절로 힘이 들어가는 줄도 몰랐다. 잠시 후 방문이 급하게 닫히는 소리가 났다. 거실에 나가 보니 사람은 없고, 산산조각 난 머그잔과 젖은 바닥만 보였다. 정례는 조용하고 분주하게 움직이기 시작했다. 안방 문
이 열리는 소리와 함께 자연의 높은 음성이 들려왔다.
"아줌마, 바닥 좀 치워요."
현관문 여닫는 소리, 더 이상의 자연의 음성은 들리지 않았다.

잠잠해진 집 안, 슬리퍼 끄는 소리마저 죽인 채 정례는 지원의 방으로 갔다. 문을 살며시 열어 보니 돌아앉은 그림자의 어깨가 가늘게 떨리고 있었다. 말없이 문을 닫고 주방으로 돌아갔다가 커다란 쟁반을 들고 지원의 방문을 세게 열었다.
"하루 종일 아무것도 못 먹었지? 아기 나한테 주고 밥 한술 떠."
소고기가 든 뽀얀 미역국과 김이 모락모락 나는 흰 쌀밥을 보고 지원은 소리 내어 엉엉 울기 시작했다. 정례는 지원에게서 아기를 받아 침대에 눕히고 분유를 탔다. 찡찡대던 아기는 분유 한 통을 비우고 이내 잠이 들었다. 정례는 미역국에 밥을 남김없이 다 넣

더니 쓱쓱 말아 크게 한술 떠서 지원에게 내밀었다.

"아기 엄마는 잘 먹어야 해. 그래야 힘이 나서 애를 돌보지."

지원에게 숟가락을 내민 정례의 팔이 미세하게 떨렸다.

집으로 들어서는 지원과 마주친 순간, 정례의 심장 깊숙한 곳부터 묵직하고 저릿한 아픔이 서서히 밀려왔다. 아이를 안고 서 있는 지원이 얼마나 작아 보이던지. '아이가 아기를 낳았구나.' 지금이라도 달려가 쓰러질 것 같은 그 아이를 잡아 줘야 할 것만 같았다. 집으로 돌아온 지원을 철저하게 외면하는 지원의 부모를 보자, 정례는 다시는 떠올리고 싶지 않았던 과거의 기억을 마주하게 되었다.

48년 전

정례는 시골이란 말이 무색할 만큼 진짜 진짜 산골짜기 시골에서 태어났다. 마을이라고 해도 사람 보기가 힘들었다. 밭을 일구어 근근이 먹고 사는 살림에 인적조차 없는 곳에서 살았다. 그런 까닭에 정례는 스물이 넘도록 연애는커녕 남자를 만날 일도 없었다. 그래도 처녀가 있다는 소문이 돌았는지, 마을에서 선 자리가 들어왔다. 스물네 살의 정례는 얼굴 한 번 보지 못한 남자와 혼인이라는 걸 했다. 정례의 남편은 한량이었다. 술 마시고 노름하는 것 말고는 할 줄 아는 게 없었다. 정례의 시어머니는 고약했다. 정례의 일거수일투족 사사건건 트집이었고, 말투는 사나웠다. 혼인

첫날밤, 정례의 남편은 노름판에 있었고, 정례는 이유도 모르는 채 시어머니에게 혼이 났다. 남편은 돈이 떨어지면 집에 들어왔고, 정례는 그런 남편이 낯설고 무서웠다. 마음 둘 데도, 편히 쉴 데도 없는 시집살이였다. 속절없는 시간은 잘도 흘러갔고, 5년이 지나는 동안 딸 셋을 낳았다.

"쓸데도 없는 지집년들만 싸질러 놓고, 에고 내 팔자야. 이 손으로 손자 한 번 안아 보는 게 소원이구마이."

시어머니는 정례가 낳은 세 딸을 '쓸모없는 것'이라 했다. 정례는 입술을 깨물며 울음을 삼켰다. 세 딸은 정례가 살아가는 힘이었고, 그 집에 있는 이유였다.

그러던 어느 날, 시어머니가 정례를 불러 앉혔다.

" 친정 함 갔다 오니라."

"네? 어머님, 방금 뭐라셨어요?"

"친정 다녀오라고. 젊은데 벌써 귀가 안 들리나?"

"친정을요?"

"시집오고 한 번도 안 갔잖아. 가서 며칠 푹 쉬다 와. 잘 다녀와이. 아그들은 내가 보꾸마이."

시어머니의 낯선 배려에 정례는 어리둥절했다.

'아이들만 두고 가라고?' 쭈뼛거리는 정례에게 시어머니는 처음 보는 미소를 지으며, 얼른 가라는 손짓을 보냈다. 발이 떨어지지 않았지만, 한편 남다른 기분도 들었다.

'웬일로 내 생각을 다…. 이런 대접을 받는 날이 오네.'

사흘 후 돌아온 집은 이상하리만치 조용했다. 이 방, 저 방 살펴봤지만 아무도 없었다. 낯선 적막, 정례는 왠지 모를 불안함에 집 주변을 서성이고 있었다. 저녁 8시가 넘으니, 시어머니의 모습이 보였다.

"어머니, 저 왔어요."

"어, 그래이."

"근데 애들이 안 보이네요."

"그게 말이다이. 다들 어디 가뿟으이."

말끝을 흐리는 시어머니의 표정이 수상했다.

"셋 다요? 셋이서 갈 만한 데가….'

"그게, 그런 데가 있대도."

"어머니, 애들 어디 갔어요? 네? 어디 갔냐고요!"

"쓸데도 없는 것들만 줄줄이 낳은 주제에 무슨 할 말이 있다고. 걱정하지 마라, 좋은 데 갔으니까."

"무슨 말씀을 하는 거예요? 어머니, 그러니까 애들은요?

정례의 목소리는 점점 커지고 심장이 요동치기 시작했다. 엄습해 오는 불안함과 불길함에 숨이 막히는 것 같았다. 정례는 발을

동동 구르며 시어머니를 다그쳤다. 시어머니는 흥분한 며느리를 피해 다시 밖으로 뛰쳐나가려고 했다. 나가는 시어머니를 잡으려고 손을 뻗었지만 사라지고 없었다. 다리가 풀린 정례는 그대로 엎어져 일어날 수가 없었다. 심장이 찢어져서, 숨을 쉴 수가 없어서, 비명조차 나오지 않았다. 하지만 한 맺힌 울음은 그칠 줄을 몰랐다. 잠도 오지 않았다. 울다 지쳐 깜빡 졸면 아이들의 작은 손, 발, 눈빛, 웃음소리가 나타났다. 조그만 손들이 엄마 품을 찾던 감촉이 온몸에서 살아나 허공에서 흔들렸다. 하지만 허공 속을 휘적거리는 정례의 허무한 손짓은 힘없이 바닥으로 고꾸라졌다.

어느 날은 첫째의 작은 양말을 품고 잠이 들었고, 또 어느 날은 둘째가 쓰던 모자를 자기 머리에 썼다. 그리고 또 어떤 날은 셋째의 장갑을 보고 오열했다. 그건 슬픔이라는 말로는 부족한 아픔이었다. 자식이 어딨는지도 모르면서, 살아 있다는 어미의 미안함에서 터져 나오는 울음이었다. 정례는 아이들의 이름을 부르고 싶었지만, 입 밖으로 나오지 않았다. 하루에도 수십 번씩 부르던 그 이름들이 너무 무거웠고 너무 가벼웠다. 목구멍에서 걸렸다가 사라졌다. 아이들의 이름을 삼켜버린 정례의 입은 그대로 닫혀버렸다.
'왜 그랬어요, 왜?'
'내 아이 돌려주세요. 제발.'

정례는 시어머니에게 묻고 또 물었다. 시어머니를 향한 복받치는 분노에 온몸이 떨렸지만 애원하고 매달렸다. 사정하고 또 사정했다. 아이들만 돌아온다면 뭐든지 하겠다고 했다.
'내 아이잖아요, 내 아이. 제발….'
'내가 뭘 잘못했지?'
'그날 친정에 가지 말았어야 했는데.'
아이들이 어디로 갔는지, 어떻게 있는지…. 대답 없는 질문의 늪에 빠진 채, 자책만이 늘어갈 뿐이었다. 자신의 생명보다 소중했던 새끼들의 안부조차도 알 수 없는데 버젓이 살아 있는 자신을 향한 죄책감에 숨 쉬는 것도 수치스러웠다. 살아야 할 힘도, 살아야 할 이유도 없었다. 누구에게도 말할 수 없는 슬픔의 깊은 추락은 멈출 줄을 몰랐다. 살아도 산 사람 같지 않던 정례는 별빛 하나 보이지 않던 어느 밤, 집을 나왔다.

2020년

 지원의 부모는 지원에게 아이를 보내라며 언성을 높였고, 지원은 아기를 지키겠다고 투쟁했다. 지원이 돌아온 후, 하루도 조용한 날이 없었다.
 2주가 지난 어느 날인가부터 지원 부모의 성난 고성이 잠잠해졌다. 도우미 아줌마에게 지원에게 먹을 것도 주지 말고, 아무것도 해주지 말라고 지시했다. 지원의 부모는 지원을 보아도 아무 말도 하지 않았다. 아무도 없는 것처럼, 지원의 부모 둘만 사는 집처럼 행동했다. 아기 소리가 들리면 TV 소리를 키웠고, 잦은 외출이 이어졌다. 투명 인간이 되어 버린 지원도 엄마 아빠와 마주치지 않으려고 갖은 애를 썼다. 감옥 같은 방에서 아기를 달랬고, 어르고 재우며 눈물을 삼켰다. 지원의 부모가 잠든 깊은 밤이면, 지원의 방으로 음식이 가득한 쟁반이 들어갔다. 그렇게 일주일이 또 지나갔다. 문이 부서질 것 같은 소리에 아기가 자지러졌다. 지원은 방문을 열었다.
"아직도 아기를 끼고 있으면 어쩌자는 거야. 이리 내!"

늘 이런 식이었다. 지원의 아빠는 본인이 하고 싶은 말만 했다. 다른 사람의 말, 지원의 이야기를 들어 준 적이 없는 사람이었다. 집안의 왕이었고 법이었다. 지원은 가출 전까지 아빠의 이야기에 반대 의견을 내거나 아니라고 한 적이 없었다.

아빠의 입술이 부르르 떨리는 게 보였다.
"싫어요."
"니가 키울 거야?"
"네."
"니가? 어떻게 키울 건데? 말도 안 되는 소리."
"제가 키울 거예요."
"세상이 어떤지 알지도 못하면서. 니가 무슨 애를 키운단 말이야? 시집도 안 간 여자애가 애 낳은 게 자랑이냐? 세상 물정도 모르는 주제에."

"제가 키워요."

"시끄러워! 봐주는 것도 여기까지야."

"제가 키워요!"

"숨어서 키우는 게 가능할 것 같아?"

"숨어서 키우지 않아요. 왜 숨어요?"

"뭐? 이게 미쳤나!"

"…."

"넌 우리 생각은 눈곱만큼도 없구나. 부모 얼굴에 먹칠을 해도 정도껏 해야지."

"엄마 아빠는 제 생각은 안 해요?"

"뭐야? 생각하니까 이러는 거 아냐!"

"나를 생각해서 그러는 거라고요?"

"쓸데없는 소리 하지 말고, 내일 당장 입양 보내. 알겠어?"

씩씩거리는 아빠의 얼굴을 똑바로 쳐다보는 지원이었다.

"고등학생이 임신한 거, 창피해요. 잘 못 했죠. 하지만 저라고 좋아서 신나서 그런 거 아니에요. 잘 몰랐고, 실수. 그래요, 실수 같은 거예요. 이 일로 제가 얼마나 무서웠는지, 힘들었는지, 제 마음이 어떤지 한 번이라도 물어봐 줬으면 좋았잖아요. 내 마음 같은 건 어떻게 돼도 상관없어요? 내 마음이 얼마나 괴로웠을지 한번은 물어봤어야죠. 아기만 지우라고 하지 말고…. 엄마, 아빠한테 말도 못 꺼내는 내 마음을 조금만 헤아려줬으면…."

지원은 처절했다.

"시끄러워! 어디서 창피한 줄도 모르고, 부모한테 대들기나 하고 말이야."

"두 분에게 제가 어떤 존재인지…. 충분히 알겠어요. 엄마, 아빠한테 제가 얼마나 부끄러운 존재인지 알겠어요. 하지만 전 제 아기가 부끄럽지 않아요."

지원은 아빠의 분노 가득한 눈빛에 지지 않고 당당하게 말했다. 부모에게 자기 생각을 이렇게 분명하게 말하는 것은 처음이었다. 말하는 내내 떨리는 마음을 부여잡느라 주먹을 꼭 쥐고 있었다. 땀이 찬 손바닥을 바지에 문지르고는 아무렇지 않은 척 울고 있는 아기를 안았다. 방 안으로 들어오는 아빠의 성난 발걸음과 뒤따라 들어오는 엄마의 조급한 발걸음을 등 뒤로 느끼며 아기를 더 꼭 안았다.

"정신 차려, 정신! 니가 애를 키운다고? 말도 안 되는 소리 집어쳐. 대학은 안 갈 거야? 결혼은 어떻게 하려고? 어디서 저런 게 나와가지고."

집어삼킬 듯한 서슬 퍼런 목소리가 지원의 어깨를 짓눌렀다. 지원의 엄마가 흥분한 아빠를 말리며 나섰다.

"지원아, 너 똑똑한 애잖아. 이성적으로 생각해 봐. 너 앞날이 창창한데, 걸림돌 하나 치운다고 생각하면 되잖아."

"내 인생을 위해서라고요? 그래요. 내 인생을 위해서 난 무슨 일이 있어도 아기를 키울 거예요."

"뭐? 니 인생을 위해 아기를 키운다고? 미쳤구나. 아주 미쳤어."

지원의 말이 끝나기도 전에 엄마가 달려들었다.

"그냥 내가 창피한 거잖아요. 엄마 아빠가 그린 이상적인 그림에 갑자기 말도 안 되는 흠집이 생겨서 쪽팔리는 거잖아요. 다른 사람들이 뭐라고 할까 봐, 체면 깎일까 봐. 남들이 뭐라고 할지, 어떻게 볼지 그런 게 겁나는 거잖아요."

"그게 어때서! 우리가 어때서! 니가 이런 짓만 안 했어도 우린 완벽했어. 갑자기 왜 이러니? 너 이런 애 아니잖아."

지원은 쏟아져 나오는 엄마 아빠의 말에 진저리가 났다. 눈물범벅이 된 얼굴을 떨구고 있던 지원은 엄마 아빠를 똑바로 쳐다보며 말했다.

"난 엄마 아빠의 액세서리가 아니에요. 맘에 들면 끼고, 맘에 안 들면 버리는 싸구려 반지가 아니라고요."

걷잡을 수 없는 하루가 지나가고 있었다.

다음 날 새벽, 밤새 한숨도 못 잔 지원은 잠든 아기를 보며 기도 했다. 존재하는 모든 신에게 바치는 간절한 다짐이었다.

"제발, 제발 저 좀 도와주세요. 어떤 시련이 닥치더라도 우리 아기를 절대 포기하지 않도록 저에게 용기와 지혜를 주세요. 아기를 위해 절대 무너지지 않는 제가 되게 해 주세요. 우리 아기가 나와 같은 상처를 받지 않게 해 주세요."

창가에 햇빛이 들어올 때까지 지원은 손을 풀지 않았다. 기도하고 다짐하고 결심했다. 그리고 집으로 온 이유, 센터에서 생각했던 일을 실행하기로 했다.

지원은 마음을 다잡았다. 아기와 살아야 했다. 둘이서 살아갈 방법을 생각해야만 했다. 우선 검정고시를 합격하는 것. 고졸 정도의 학력은 있어야 할 것 같았다. 그리고 돈. 집에 있는 동안 돈을 좀 모으고 싶었다. 이 두 가지 계획을 가능하면 빨리 이루고 싶었다. 그러면 집을 나가도 한동안은 살 수 있을 것 같았다. 아기가 세 살이 될 때까지는 집에서 버틸 생각이었다. 여자 혼자 갓난아기를 데리고 살면서 할 수 있는 일이 없을 테니 힘들어도 3년은 버텨 볼 요량이었다. 혹시나 하는 마음으로 돌아온 집. 18년을 살았던 우리 집. 어설픈 기대마저 산산이 부서졌다.

'반기는 사람 하나 없기는 집이나 밖이나 똑같네.' 스치는 생각에 머리를 흔들었다. 도움 하나 되지 않는 이런 감상에 빠질 여유가 없었다. 지원은 도우미 아줌마를 찾았다.

"아줌마, 저 검정고시 준비하려고요. 그리고 일도 찾고 있어요. 돈 벌려고요."

"아기는? 어떻게 하기로 했어?"

"키워야죠, 제 딸인데."

"괜찮겠어? 엄마랑 아빠는 어쩌고."

"저랑 아기는 하나에요. 어느 누구도 갈라놓을 수 없어요."

도우미 아줌마는 아무 말 없이 지원의 두 손을 잡더니 고개를 들지 못했다.

"아줌마, 괜찮으세요?"

"어, 괜찮아."

"밤마다 먹을 거 챙겨 주셔서 제가 버텨요. 아기 분유 탈 물도 보온병에 담아 주고, 엄마 잘 때 아기 젖병도 소독해 주고, 이 은혜를 어떻게 다 갚죠? 정말 감사해요."

"지원 학생, 그런 건 얼마든지 할 수 있어. 별거 아니야."

"아니에요. 아줌마 덕분에 살 수 있는 걸요. 저도 아기도…."

"아, 그리고 아기 이름 지었어요. '봄'이에요, 봄!"

"이쁘네, 봄."

"그러고 보니 아줌마 이름을 모르네요, 아직."

"난 임정례야."

두 사람은 봄이라는 말에 웃음을 찾았다.

'봄.'

아기는 지원에게 희망이고 새로운 시작이었다.

지원의 엄마는 딸에게 입에 담지 못할 말을 퍼부었고, 지원의 아빠는 유학 서류를 들이밀었다. 하지만 지원은 흔들리지 않았다. 가장 힘들 때, 간절히 누군가를 원할 때, 가장 먼저 등을 돌린 사람은 지원이 세상에서 제일 가깝다고 생각한 사람들이었다. 한 번도 아니고 두 번씩이나. 더는 그들의 딸이 되지 않기로 했다.

*

"아줌마, 저... 부탁이 있는데요."
"무슨?"
"음…."
"아이고, 숨넘어가겠네. 뭔지 말해 봐, 지원 학생."
"저번에 말씀드렸던 검정고시요, 내일이 시험 보는 날이거든요. 봄이 좀 봐 주면 안 될까요?"
"아유, 난 또 뭐라고. 봐 주지 얼마든지. 괜한 걱정하지 말고, 시험 잘 보고 와."

얼마 후, 고졸 검정고시 합격 소식에 지원과 정례는 얼싸안고 빙빙 돌았다.

"아줌마, 저 봄이랑 살려면 돈 벌어야죠. 밤에 일하면 돈을 더 많이 준다는데, 그래도 밤에는 아기랑 있어야겠죠? 음, 봄이는 아직 낮잠도 많이 자고 해서 아기 보는 게 좀 덜 힘들지 않을까 싶기도 한데…. 저기, 제가 낮에 일하는 동안 아기 좀 봐 줄 수 있을까요?"
"지원 학생, 무슨 말이 그래? 너무 돌려 대니 알아들을 수가 없네. 그러니까 애 좀 봐달라, 그 말이지?"
"네…."
"내가 도와줄게. 봄이 봐 줄 테니까 걱정하지 마. 그리고 그런 거 그냥 말해도 돼. 뭘 그렇게 끙끙 앓아? 혼자서 속 끓이지 말고, 나한테 털어놔, 알았지."
"고맙습니다. 아줌마…."
"근데 지원 학생, 부모님이 지금이야 화가 나서 그렇지만, 시간이 좀 지나면 도와주지 않을까?"
"아줌마, 여태껏 보셨잖아요. 엄마, 아빠는 지금도 아기랑 저랑 떼어낼 생각만 하잖아요. 3년간 버텨 보려고 했는데 아무래도 안 될 것 같아요. 어서 돈 모아서 나가려고요. 저 잠든 사이에 우리 봄이 뺏어 갈까 봐 잠도 못 자요."
"지원 학생, 봄이 걱정하지 말고, 하고 싶은 거 해."
"아줌마! 고맙습니다. 저도 아이랑 살아갈 방법을 찾아봐야죠. 일단은 돈 모으는 게 급선무라서요. 근데 저 때문에 아줌마가 곤

란해지면 어떡하죠. 봄이 봐 주는 거 알면 엄마 아빠가 가만히 안 있을 텐데.”

"나 신경 쓰지 말고, 일해서 돈 많이 벌어요.”

"아줌마 덕분에 버틸 힘을 생겼어요. 아줌마는 이 세상에 하나뿐인 내 편이에요. 아줌마!”

지원의 이야기를 듣는 동안 정례의 마음에 고요한 태풍이 일었다. 지원이 받는 외면, 상처, 무시, 외로움…. 감당조차 하기 힘든 마음들. 지금도 정례의 마음속에 자리잡고 있기에 누구보다도 잘 알지만, 그 누구에게도 꺼내지 못했던 감정이었다. 따라올 두려움에 차마 입 밖으로 꺼낼 수조차 없었던 마음들. 정례가 할 수 있는 유일한 방법은 우는 것뿐이었다. 하지만 그 울음마저 들어줄 사람 하나 없었던 지난 시절의 자신. 지금 정례는 지원이 울지 않기를, 지원의 울음을 자신이 들어 줄 수 있기를 바라는 마음뿐이었다.

2025년

'내 사랑 민아, 네 생각으로 시작하는 아침이야. 굿모닝!'
'좋은 아침!'
오글거리는 재훈의 메시지에 간단한 인사를 남기고 민아는 화장실로 들어갔다. 샤워하고 화장하고 출근을 서둘렀다. 하룻밤 인연으로 끝나리라 생각했다. 하지만 오글거리는 재훈의 멘트로 시작하는 하루가 어느새 한 달이 넘어가고 있었다.

"어서 오세요."
"감사합니다. 안녕히 가세요."

손님으로 붐비는 헤어숍은 오늘도 정신없이 돌아갔다.

"앗, 뜨거워!"

"죄송합니다."

"저기 실장님, 다른 사람이 샴푸해 주면 안 될까요?"

물이 뚝뚝 떨어지는 채로 샴푸 의자에서 일어나 앉은 손님은 불편한 기색을 여과 없이 드러냈다.

"죄송합니다. 다시 해드리겠습니다."

"실장님, 나 샴푸 다시 해 달라고요. 네?"

쎄한 분위기 속, 안절부절 못하는 희영과 손님의 날 선 목소리가 이목을 집중시켰다.

"사모님! 어디 불편하세요? 오늘은 제가 샴푸해 드릴게요."

헤어디자이너 A가 쏜살같이 달려와 희영과 손님 사이를 비집고 들어왔다.

그날 저녁, 희영은 여지없이 깨졌다.

"너, 그 손님이 머리하러 와서 쓰는 돈이 얼만지 알아? 니가 받는 월급보다 많아. 어디서 주제 파악도 못 하고, 분위기도 못 맞추고 말이야. 어째 아직도 샴푸 하나를 제대로 못 하니."

"아이 씨, 진짜 더러워서 못 해 먹겠네."

희영은 헤어디자이너 A의 말이 채 끝나기 전에 나가 버렸다.

'민아야, 나랑 저녁 먹자.'

민아는 희영의 메시지를 확인하고는 재훈에게 전화를 걸었다.

"재훈 씨, 오늘 저녁은 희영이랑 먹어야 할 것 같아."

"알겠어. 몇 시에 데리러 갈까, 애기야?"

"술도 한잔할 것 같은데 오늘은 패스."

전화기 너머로 잠시 정적이 흘렀다.

"나 빼고 둘이 뭐 하려고, 애기야?"

"낮에 희영이가 가게에서 사고를 쳤어. 그만둔다고 일하다 말고 뛰쳐나갔단 말이야."

"나도 같이 위로해 주면 되잖아."

"재훈 씨, 오늘은 희영이랑 둘이서만 볼게, 응?"

"니네 둘이 뭐 할라고 그래?"

갑자기 싸늘해진 재훈의 말투에 민아는 당황했다.

"둘이 술 먹고 부킹하게?"

"재훈 씨, 그게 무슨 소리야."

"우리 처음 만났을 때도 그랬잖아. 그때도 희영이 기분 맞춰 준다고 술 마시다가."

민아는 어이가 없어 헛웃음이 나왔다. 재훈의 말에 기분이 확 상해 버렸다.

"뭐래? 그땐 아무도 안 만날 때였잖아. 지금은 재훈 씨가 있고. 사람을 뭘로 보는 거야?"

처음 보는 재훈의 태도와 자신을 바라보는 시선에 짜증이 났다. 더는 말을 섞고 싶지 않았다.

"재훈 씨, 그만 끊을게."

"아니, 아니, 끊지 마."

핸드폰에서 여전히 재훈의 목소리가 들려왔지만, 민아는 통화 종료 버튼을 누르고 핸드폰을 가방 깊이 쑤셔 넣었다.

"에이, 씨발."

민아가 막무가내로 전화를 끊어 버리자, 재훈은 참을 수 없는 분노가 치밀었다. 눈앞에 보이는 쓰레기통을 발로 냅다 걷어차고는 담배를 꺼내 물었다. 담배 한 대가 다 타기도 전에 재훈은 손가락을 다급하게 놀렸다.

'민아야, 왜 그래. 너 이런 아이 아니잖아.'

'전화 받아, 민아야. 전화받으라고.'

사람으로 꽉 찬 막창집, 민아와 희영은 시끄러운 사람들 속에서 열을 올리며 이야기하고 있었다. 테이블 위에는 빈 술병이 줄을 짓고 있었다.

"내가 다시 돌아가면 인간도 아니다. 인간도 아니야."

"난 그 새끼 만나는 거 다시 생각해 봐야겠어."

희영은 희영대로, 민아는 민아대로 속에 있던 말들이 뒤죽박죽

튀어나왔다.

"우리 2차 가야지. 고고!"

비틀거리며 일어나는 두 사람 앞에 재훈이 서 있었다.

"엄마야!"

놀라서 주저앉은 민아 옆으로 재훈이 다가왔다.

"우리 애기, 술 많이 먹었네."

익숙한 목소리, 옆에 있는 사람이 재훈이라는 걸 확인한 민아는 술이 확 깨는 것 같았다.

"어, 재훈 씨 왔네. 우리 2차 가요, 2차."

낮에 있었던 일은 소주 세 병으로 모두 털어 버린 희영이 꼬부라진 발음으로 재훈을 맞으며 헤죽헤죽 웃었다.

"여기 있는 거 어떻게 알았어?"

"2차 좋지. 어디로 갈까? 우리 애기도 일어나야지."

재훈은 민아의 질문에는 대꾸하지 않은 채, 단단한 팔로 민아의 허리를 감싸 안았다.

희영을 택시에 태워 보내고, 민아는 재훈에게 물었다.

"아까 나 어떻게 찾았어? 거기 있는 거 어떻게 알았냐고?"

"민아야, 그게 뭐가 중요해. 지금 같이 있으면 됐지."

"아니, 난 어떻게 알았는지가 중요해. 거긴 재훈 씨랑 간 적도 없고, 희영이랑도 오늘 처음 간 곳이야. 거기 있다고 알려 주지도 않앉는데, 이상하잖아."

"우리 애기, 왜 이렇게 화가 났어?"

"애기라고 하지 마. 어서 말해. 어떻게 거기 왔는지."

순간 재훈이 갑자기 얼굴을 일그러뜨리며 한없이 불쌍한 표정을 지었다.

"민아야, 난 너 없으면 안 돼. 난 언제나 네 옆에 있을 거야. 한시도 떨어져 있고 싶지 않아."

"지금 그 얘기가 아니잖아."

"민아야, 난 너 목소리만 들어도 기분이 어떤지 알 수 있고, 눈빛만 봐도 무슨 생각하는지 다 알아. 넌 내 모든 것이야. 난 다 알 수 있어."

민아는 재훈의 이야기가 하나도 귀에 들어오지 않았다. 무슨 말을 하는지 전혀 알아들을 수가 없었다.

"야, 이재훈. 너 미쳤어?"

"우리 애기, 이제 집에 가자. 피곤하겠다."

"미친놈아, 내가 너랑 왜 같이 집에 가니?"

재훈은 눈을 뜨면 민아에게 메시지를 보내고, 답장이 오지 않으면 전화를 걸었다. 민아가 일하는 동안에도 민아의 동선을 확인했다. 일하는 곳을 벗어나거나 하면 바로 달려가 눈에 띄지 않는 곳에서 민아를 바라보았다. 그런 다음 퇴근 시간에 맞추어 민아를 데리러 갔다. 재훈의 핸드폰에는 민아를 쫓는 위치추적 앱이 24시간 켜져 있었다.

"민아야, 아무 걱정하지 마. 넌 내가 지켜 줄게."
"원래 그렇게 징그러운 말 잘하는 스타일이니?"
 만난 지 얼마 되지 않았을 때부터 재훈은 민아에게 틈만 나면 이렇게 말했고, 이 말만 나오면 민아의 대답은 항상 같았다. 재훈은 민아를 지켜 주기 위해 항상 위치 추적 앱을 실행했고, 틈만 나면 민아 핸드폰의 통화 목록, 메시지, 앨범을 확인했다. 혹시나 민아 주변에 이상한 사람이 얼쩡거리는 건 아닌지, 나쁜 일에 엮이는 건 아닌지 불안해서 확인하지 않으면 잠이 오지 않았다. 그러나 민아는 이런 일들을 전혀 알지 못했다. 재훈은 민아의 수호자로 지내는 하루하루가 뿌듯하기만 했다.
 민아는 아무리 생각해도 알 수 없었다. 재훈의 행동이 조금 지나칠 때도 있었지만, 자신을 사랑하기 때문이라고 생각했다. 하지만 이번엔 왠지 싸한 기분이 가시질 않았다.
 '재훈 씨, 나 생각할 시간이 필요해. 잠시만 떨어져 있자.'
 민아는 재훈에게 메시지를 보내고 핸드폰을 꺼 버렸다. 어차피 일하는 동안 핸드폰을 확인할 시간도 없었다.

부재중 전화 79통.

메시지 134개.

퇴근하면서 전원을 켠 핸드폰. 민아는 처음 보는 숫자에 눈이 휘둥그레졌다. 헤어숍 문을 나서자마자 마주친 재훈의 모습에 등골이 오싹해졌다.

"재훈 씨, 이야기 좀 해."

"우리 애기, 하루 사이에 얼굴이 반쪽이 됐네."

"재훈 씨, 나 지금 장난할 기분 아니야."

"애기야, 왜 그렇게 무섭게 말하는 거야. 그러지 마."

"재훈 씨, 우리 헤어지자."

민아는 떨리는 두 손을 주머니에 찔러 넣고, 재훈의 눈을 쳐다보았다. 재훈의 눈빛이 순간 날카롭게 변하는가 싶더니 두 눈을 내리깔며 깊은 한숨을 내쉬었다.

"우리 같이 살까? 난 너와 떨어져 있는 1초도 아까워."

"야, 이재훈!"

참다못한 민아의 고함이 울려 퍼졌다. 민아는 뒤도 돌아보지 않고 자리를 떴다. 잡으러 올 것 같은 두려움에 걸음이 빨라졌다.

다음 날 민아가 출근하자 커다란 꽃다발이 도착해 있었다.

'민아야, 사랑해.'

눈에 익은 글자에 온몸에 소름이 돋았다.

"어서 오세요."

재훈이 헤어숍으로 들어오고 있었다. 민아를 보고는 윙크하더니, 아무 말 없이 지나쳤다. 커트 준비를 하는 재훈의 모습을 보자 민아는 숨이 멎을 것 같았다.

*

만리장성 사장의 소개로 옷집으로 일자리를 옮긴 지원은, 옷 파는 곳에서 일하는 건 처음이었다.

"아이고, 직원이 생겼네."

"인자 내하고 같이 일할끼다. 이지원이라꼬, 이쁘제? 얼굴만 이쁜기 아니고, 일은 또 얼매나 잘하는지. 우리 지원 씨가 오고 나서는 내가 마, 할 일이 없어졌다카이. 우리 가게에 복덩이가 왔는기라, 호호호."

손님들은 동네 사람이 많았는데, 다들 사장과 친한 것 같았다. 사장은 손님이 올 때마다 지원의 칭찬이 늘어져, 지원은 민망하기도 하고, 쑥스럽기도 해서 일부러 멀찍이 떨어져 있었다.

"지원 씨, 밥은 묵고 댕기제?"

사장은 지원만 보면 이 말부터 했다. 사장의 이름은 강은주라고 했다. 집에서 김치를 담그거나 반찬을 만들 때면 넉넉히 준비해

지원에게 챙겨 주기도 했다. 지원의 안부뿐 아니라 봄이는 잘 있는지 아침마다 물어봤다. 지원의 안색이 창백한 날이면 여지없이 일찍 퇴근시켰고, 갑자기 봄이가 배탈이라도 나면 지원보다 더 많이 걱정하며 약을 사다 주기도 했다. 지원은 옷집 사장의 그런 행동이 낯설기만 했다.

'나한테 왜 이러지?'

'나중에 많이 일을 시키려고?'

'월급을 적게 주려고, 아니 안 주려고 그러나?'

'날 언제 봤다고, 뭘 보고 막 퍼 주는 거지?'

지원은 혼자서 별별 상상을 다 했다. 그러나 시간이 지나도 옷집 사장은 한결같았다. 월급은 한 번도 밀리지 않았고, 봄이의 안부를 물었다. 지원의 안색을 살폈고, 지원이가 하고 싶은 일이 있는지 궁금해했다.

"지원아, 우리 인자 같이 일하게 됐으니까 한 식구다, 생각하고 잘 지내보재이. 식구가 별 꺼가. 같이 밥 묵고, 같이 있어주는 기 그기 식구지. 요래 이쁜 사람이 내 식구로 와 줘서 나는 너무너무 고맙대이."

지원이 세 번째 월급을 받는 날, 옷집 사장 은주는 지원의 손을 감싸 쥐며 예쁜 반달눈을 만들었다. 지원은 자신의 짧고 못난 생각으로 사장을 마음대로 잣대질한 것이 창피하고 부끄러웠다. 마주 잡은 두 손으로 전해지는 옷집 사장님의 온정은 평온하고 든든했다. 만리장성 사장님을 만난 것이 행운이라고 생각했던 지원에게 두 번째 네잎클로버가 쥐어졌다.

*

 변함없는 하루가 또 지나가고 있었다. 처음 이 집에 온 날도, 내일이면 떠날 오늘도, 정례의 하루는 같은 일상의 반복이었다.
 '23년이라. 시간 참 빠르네.'
 정례는 누웠지만 쉽게 잠들지 못했다. 이리저리 뒤척여 봐도 잠은 오지 않았다. 손을 뻗어 핸드폰을 확인하니 새벽 1시 13분. 정례는 다시 눈을 감았다. 눈을 감자 오히려 정신이 맑아지는 것이 아무래도 잠이 올 것 같지 않아 조용히 일어나 침대 모서리에 걸터앉았다.

 정례는 어두컴컴한 방 안을 천천히 둘러보았다. 싱글침대, 협탁, 원목으로 된 3단 서랍장, 서랍장 위에 걸린 둥근 거울, 작은 옷장이 전부인 작고 소박한 이 방은 정례가 지난 20년 동안 지내던 곳이다. 협탁 맨 아래 서랍을 열고 깊숙한 곳에서 뭔가를 꺼내 두 손으로 꼭 쥐었다. 곱게 싸인 하얀 가제 손수건을 펼치자, 정례보다 나이 많아 보이는 쌍 금가락지가 나타났다.

오래전 시집에서 도망 나올 때 유일하게 챙겨 온 친정엄마의 금가락지였다. 정례의 전 재산이자 보물. 시집가기 전날 친정엄마가 조심스럽게 정례의 손에 쥐여준 엄마의 쌍가락지였다. 몇 번이나 팔아서 돈을 마련하려고 했지만, 그럴 때마다 어디선가 생각지도 못한 융통이 생겨 넘어가고 넘어가 오늘까지 왔다.

'엄마가 준 정례의 부적.'

궂은일에 세월까지 더해져 굵어진 정례의 손마디에는 반지가 들어가지 않았다. 반지를 보니 잊고 싶은 옛일이 그림처럼 떠올랐다.

시집에서 도망쳐 나온 날 밤, 버스 터미널로 달려가 대기실 구석에서 쪼그린 채 밤을 새웠다. 제일 먼저 출발하는 버스를 타고 살던 곳을 빠져나왔다. 막무가내로 오른 버스는 구미 시외 버스터미널에 정례를 내려놓았고, 갈 곳도 아는 곳도 없는 정례는 우두커니 터미널 벤치에 쭈그리고 앉아 새벽이 밝아 오길 기다렸다.

날이 밝자 터미널을 빠져나와 무작정 걷기 시작했다. 갈 곳도, 가야 할 곳도 없이 발길 닿는 대로 걷다 보니 사람들이 떼를 지어 걸어가는 것이 눈에 들어왔다. 고개를 들어 주위를 살피니 공장들이 모여 있는 게 보였다. 정례는 사람들 틈에 끼어 함께 걸음을 옮겼다. 그들은 커다란 공장으로 향했다. 정문을 통과하니 공장 건물과 사무실로 보이는 건물이 눈에 들어왔다. 정례는 사무실이라는 팻말을 확인하고는 무작정 들어갔다.

'저 사람이 제일 높은 사람인가?'

"저기, 일하는 사람 뽑는다고 해서 왔습니다. 저 일하고 싶어요. 갈 데도 없고, 돈도 없어요. 꼭 일하게 해 주세요."

제일 높아 보이는 사람 앞에 서서 말했다. 아니, 일하지 않으면 죽는다고 했던 것 같다.

정례의 얼굴은 참혹했다. 퉁퉁 부은 두 눈, 눈가며 코끝은 벌겋게 달아올라 있었고, 지렁이가 지나간 것처럼 눈물자국이 얼룩덜룩한 두 뺨, 산발한 머리. 행색이라 할 것도 없는 꼬질꼬질한 옷을 걸친 젊은 여자의 등장에 사무실 사람들은 어안이 벙벙한 채로 멍하니 바라봤다. 하늘이 도와준 건지, 사람 하나 살리고 보자는 마음이었는지, 어쨌거나 정례는 다음 날부터 공장에서 일하게 되었다.

"제가 요 앞 공장에서 일하거든요. 월급 나오면 제일 먼저 갚을 테니까, 우선 방부터 주면 안 될까요?"

정례는 공장에서 제일 가까운 싸구려 여관을 찾아가 달방을 달라고 사정했다. 월급을 받으면 맨 먼저 방값부터 계산하겠다고 매달렸다. 여관 주인은 영 내키지 않았지만, 정례가 하도 울면서 사정하니 적선하듯이 방을 내주었다. 여관 주인에게 고맙다고 머리가 땅에 닿도록 연거푸 인사를 하고는 창고 같은 방에 지친 몸을 뉘었다. 방문을 잠그기가 무섭게 다리에 힘이 풀렸다. 방문 고리를 잡은 채 쓰러진 정례는 그대로 곯아떨어졌다. 다음 날 눈이 떠지자마자 출근 시간도 되기 전, 공장으로 나가 사무실 청소를 했다. 그렇게 정례의 새 날이 시작하고 있었다. 정례는 악착같이 일했다. 돈에 환장한 사람처럼 그렇게 일했다. 누구보다 성실하게 한눈팔지 않고 8년을 일하니 시내에 있는 빌라 한 동을 살 수 있었다. 3층짜리, 방 아홉 개가 있는 신축 빌라. 공실 없이 세를 놓았다. 그리고 또 4년이 흐르고, 변두리에 있는 2층짜리 상가 건물을 매입했다. 1층엔 16평과 10평짜리 가게 두 개가 들어가고, 2층은 통으로 쓸 수 있는 건물이었다. 2층에는 학원이 들어왔고, 1층에는 액세서리 가게와 네일숍이 들어왔다.

어느 날, 공장장이 뜻밖의 제안을 해 왔다.
"임정례 씨, 근속기간도 길고 사고도 없더군. 같이 일하는 사람들 사이에서 평판도 좋고. 그래서 말인데 우리 집 일, 해줬으면 좋겠는데. 한번 생각해 봐 주면 어떨까 싶소. 대우는 섭섭하지 않게 해 주리다."

그렇게 이 집에 들어 온 게 23년이 지났다. 정례는 다시 반지를 곱게 싸서 작은 손가방에 고이 넣었다. 정례의 마지막 짐이었다. 어둠에 익숙해진 눈에는 방 안의 물건이 밝은 불빛 아래에 있는 것처럼 선명하게 드러났다. '들어올 때 그대로네.' 이 집에 들어올 때 가져온 짐은 갈아입을 옷가지 몇 개가 전부였다. 이 집에 살면서는 살림살이도, 옷도, 가방도, 신발도 다 필요 없었다. 이 집 안주인은 철 지난 옷, 유행 지난 옷, 싫증 난 옷, 버리는 옷이 많아서 그중에 맞는 것을 골라 적당히 입으면 그만이었다. 신발은 발 편한 운동화 두 켤레면 충분했다. 방 한쪽에 놓인 정례의 짐 가방에는 계절별로 두세 벌의 옷과 속옷, 세면도구, 운동화 두 켤레, 모자와 스카프가 들어 있었다.

*

"공장장님, 저 이제 일 그만둬야 할 것 같아요."
"네? 갑자기 무슨 말입니까?"
"이제 나이가 들었는지, 몸이 예전 같지 않네요. 아픈 데도 많고, 손도 느려지고요. 이런 몸으로 일하는 건 공장장님에게도 민폐인 것 같아서, 더 나빠지기 전에 그만하려고요."
"아파요?"

공장장은 가느다란 눈을 커다랗게 뜨고 정례를 보며 뭐라고 말해야 할지 몰라 난감해했다. 정례는 자기를 고용한 공장장에게 먼저 이야기를 꺼냈다. 이후 남편에게 얘기를 들은 공장장의 부인은 정례의 마음을 돌리려고 한동안 애를 썼다.

"내가 뭐 섭섭하게 한 거 없지? 어디 돈 더 많이 주는 데 생긴 거야? 거기가 어딘데? 얼마 준대? 내가 더 줄 테니까 다시 생각하면 안 돼? 아줌마 같은 사람 구하기 힘든데."

'생각나는 대로 아무 말이나 막 하는 건 타고났네, 천성이야.'

그렇게 생각하며 공장장 부인의 무례한 말을 거두었다.

'사람 고쳐 쓰는 거 아니다. 타고난 본성은 절대 바뀌지 않는다.'

언젠가 TV를 보다가 들은 말이었다.

'맞다, 맞아. 그러네.'

정례는 그 말을 듣는 순간 눈이 번쩍 뜨였다. '타고난 성질머리가 바뀌겠어? 사람 바꾸려고 헛심 쓰지 말고, 안 맞는 사람과 같이 안 있으면 되지.'

정례가 이 집에서 일하면서 주문처럼 웅얼거리던 말이었다. 공장장은 집안일에 일절 관여하지 않았다. 공장장 부인의 안하무인인 모습이 가끔 있었지만, 정례는 개의치 않았다. 의지할 곳 없는 정례는 재워 주고, 먹여 주고, 돈벌이할 수 있는 곳이면 만족했다. 그런 정례가 그만두기로 마음먹은 결정적인 이유는 이 집 딸, 지원이 때문이었다.

  이 집 딸이 임신한 채로 가출을 한 뒤, 몇 달 있다가 아기를 안고 돌아왔다. 딸이 가출했을 때도 그리 열심히 찾는 것 같지는 않았다. 딸이 돌아오자, 딸의 부모들은 자신들의 기대를 저버린 딸을 사람처럼 보지 않았다. 아기를 낳고 데려온 사실을 믿을 수 없다며, 매일 같이 딸아이를 힘들게 했다. 아기를 입양 보내라고 난리를 쳐도 딸이 들은 체하지 않자, 하루가 멀다고 겁을 주고 으름장을 놓았다. 그걸 지켜보는 정례의 마음이 뜨겁고 묵직하게 끓어오르는 걸 느낄 수 있었다. 긴 시간으로도 아물지 못한 그녀의 상처가 다시 벌어지기 시작했다.

2025년

'다정한 줄만 알았는데…. 좋은 사람? 내 주제에 좋은 사람은 무슨. 후유, 사랑? 사랑이 뭔데, 사랑이 있긴 할까?'

민아의 입에 걸린 담배가 길게 타들어 갔다. 허파까지 들이마신 담배 연기를 깊이 뿜어내고 나니, 그제야 숨이 좀 쉬어지는 것 같았다.

다정한 재훈은, 민아가 일하는 헤어숍의 거울을 깨뜨리고, 의자를 부수었다. 민아는 팔이 부러졌고, 같이 일하던 동료들에게 죄송하다며 허리를 굽혔다. 같이 일하는 사람들에게 미안했고, 자신이 한심했다. 재훈과의 만남은 민아에게 커다란 상처만 남긴 채

겨우 끝낼 수 있었다. 재훈의 메시지로 도배된 민아의 메시지 함은 경악스러웠고, 재훈의 욕설과 협박, 미행이 계속되자 민아의 일상은 파탄 나기 시작했다. 사랑이라고 믿고 싶었던 재훈의 행동들은, 더 이상 민아가 혼자 감당할 수 없는 지경이 되었다. 민아의 부러진 팔의 병원 진단서와 재훈이 보낸 메시지는 사랑이 아니라 폭력이란 이름으로 마무리되었다. 민아는 재훈과 관련된 사진과 메시지, 서류들을 경찰서에 제출하고 나오는 길이었다. 달콤하고 자상하기만 했던 재훈은 사라지고, 집착과 광기로 민아를 옭아매던 재훈. 그의 본모습에 소스라치던 민아는 겨우 재훈에게서 벗어났지만, 불안과 걱정은 사그라지지 않았다.

'남자 복도 지지리 없다니까.'

마지막 한 모금, 연기를 내뿜으며 경찰서를 나와 버스에 올랐다.

한 달 전, 재훈이 와서 난리를 치는 통에 민아는 일하던 헤어숍을 그만둬야 했다. 민아는 재훈이 자기를 찾을까 두려웠다. 재훈과 민아가 함께 했던 장소에 다시는 있고 싶지 않았다. 재훈이 모르는 곳으로 달아나고 싶었다. 사직서를 내던 날, 원장이 민아에게 앞으로 어떻게 할 건지 물었다.

"민아 씨, 그동안 고생 많았습니다. 여러 가지로 신경 쓸 게 많을 텐데, 잘 처리되길 바랍니다. 민아 씨는 손끝도 야무지고, 센스도 있고, 기술도 좋아서, 어딜 가든 잘할 거라 믿습니다. 갈 곳은 정했습니까?"

"여기저기 알아보고 있는데 아직 정해진 건 없어요. 본의 아니게 물의를 일으켜 죄송합니다."

"사람이 제일 무섭다 무서워, 그렇죠? 어디서든 사람 조심하고."

"네, 명심하겠습니다. 안 그래도, 여기서 좀 데로 가야 하지 않을까 싶어요. 제가 여기 있으면 다시 와서 행패라도 부릴까 걱정도 되고, 혹시라도 마주칠까 두렵기도 하고 그래요. 친구가 인덕동에 사는데, 그 동네로 갈까? 생각 중이에요."

"인덕동? 아, 인덕동! 걔도 인덕동이지 아마."

원장은 가물가물하던 기억이 분명하게 떠오르는지 갑자기 목소리에 힘이 들어갔다.

"민아 씨, 갈 만한 데가 생각났습니다. 민아 씨도 거기 가면 잘 배울 수 있을 것 같습니다. 그러고 보니 둘이 좀 닮은 데가 있는 것 같기도 합니다. 암튼 잘 됐습니다. 그렇지 않아도 사람 구한다고 얼마 전에 연락이 왔는데. 그래, 민아 씨 처음 왔을 때도 낯설지가 않다 싶었거든요. 예전에 우리 숍에서 일하던 윤 선생이랑 비슷해서 그랬나 봅니다. 하하핫. 여기 한번 전화해 봐요. 내가 보냈다 하고."

원장은 기분 좋은 웃음을 보이며 민아에게 연락처를 건넸다.

'밀라노 헤어.'

안으로 들어가자, 종이컵을 입에 대고 있던 여자가, 컵을 내려놓으며 웃으며 눈인사했다.

"김민아 씨?"

"네, 안녕하세요. 김민아입니다."

"네, 선생님하고 통화했어요. 칭찬이 대단하던데요."

원장인 듯한 여자가 웃으며 말을 이어 갔다.

"뭐 좀 물어봐도 될까요? 거기선 얼마나 일했어요? 다른 데선 일한 적 있어요? 앞으로 하고 싶은 게 있어요?"

밀라노 헤어 원장의 질문에 민아는 막힘없이 대답했다. 대답이 끝나자, 원장은 손님 의자에 앉았다.

"민아 씨, 단발머리를 하고 싶은데, 어울리게 잘라 볼래요?"

밀라노 헤어 원장은 자신의 뒷머리에서 커다란 집게 핀을 빼자, 어깨 아래로 내려오는 긴 웨이브 머리카락이 출렁거렸다. 당황한 민아가 머뭇거리자, 원장은 한마디를 더 얹었다.

"실력을 봐야 결정하죠."

*

미용실을 빠져나온 민아는, 지원의 집을 찾았다. 미혼모 센터에서 나온 뒤, 처음 만나는 거라 그런지 떨리기도 하고 설레기도 했다. 미혼모 센터, 갈 곳 없는 인연들이 스쳐 가는 그곳에서, 지원과 민아는 서로에게 위로와 위안이 되었다. 갑자스러운 민아의 연락에 지원은 반갑고, 궁금했다. 작년 크리스마스쯤 안부 메시지를 주고받았을 뿐, 실제로 만나는 건 정말 오랜만이었다. 민아는 가는 길에 편의점에 들렀다.

'아이스크림? 휴지? 바나나 우유?'

지원은 문 두드리는 소리에 얼른 달려가 현관문을 열었다. 두루마리 화장지와 아이스크림, 바나나 우유와 딸기 우유가 든 봉지를 양손 가득 든 민아가 서 있었다.

"민아야!"

"지원아!"

둘은 얼싸안고 빙빙 돌며 웃음인지 울음인지 모를 소리를 냈다. 시끄러운 소리에 이끌려 나온 봄이는 엄마와 끌어안고 방방 뛰고 있는 사람을 빤히 쳐다보았다.

"어머, 얘가 봄이니?"

민아는 돌고래 소리를 내며 봄이를 꽉 안았다. 봄이는 민아 품에서 빠져나오려고 버둥거렸지만, 민아는 놓아 줄 생각이 없어 보였다.

"봄아, 안녕 안녕. 난 김민아. 너네 엄마랑 친구"

"지원아, 이게 얼마 만이야? 그때 그 쪼끄맣던 아기가 이렇게 컸다니. 우와 너무 신기해, 봄이? 아유 이뻐라. 네 딸 맞네, 너랑 똑 닮았어."

지원과 민아는 낄낄대고 웃다가, 눈물을 흘렸다가, 소리도 질러 가며 밤새 밀린 이야기를 쏟아냈다. 창밖이 환해지는 것을 보고서야 하품을 쏟아내기 시작했다.

"토요일은 어린이집도 쉬고, 알바도 쉬거든. 하품을 하도 했더니 눈물까지 나네. 지금부터라도 좀 자자."

지원은 밤새워 이야기하던 자리에 발을 뻗고 누웠다. 머리가 닿자마자 곯아떨어진 지원, 그 곁에 바싹 붙어 옆에 누운 민아의 얕은 숨소리만 낮게 드리웠다.

"지원아, 지원아. 이거 봐 봐, 얼른."

민아가 흔들어 대는 바람에 잠에서 깬 지원은, 떠지지 않는 눈에 힘을 주며 민아의 얼굴을 올려다봤다.

'다음 주 월요일부터 함께 일해요. 밀라노 헤어 윤미정.'

민아의 핸드폰 메시지를 확인하고서 둘은 환호성을 질렀다.

"와, 너무 잘 됐다! 축하해, 민아야!"

"고마워, 지원아."

"이제 우리 같은 동네에서 일하는 거야? 자주 볼 수 있겠다."

둘은 다시 돌고래 소리를 내며 펄쩍펄쩍 뛰었다.

*

'지원 씨, 뭐해? 시간 되면 봄이하고 빵집으로 올래? 지금.'

옷집 사장이 보낸 메시지였다. 지원은 봄이 손을 잡고 밀밭 베이커리로 걸어갔다. 가게 문을 열기도 전에 이미 고소하고 맛있는 냄새가 솔솔 났다. 봄이는 토끼처럼 깡충거리며 안으로 들어갔다.

"엄마, 냄새… 조좋아."

"아이고, 우리 봄이 왔어? 잘 있었어? 아저씨는 봄이가 너무너무 보고 싶던데!"

밀밭 베이커리 사장이 봄이를 얼른 안아 올렸다. 봄이는 사장의 얼굴은 쳐다보지도 않고, 진열된 빵을 보느라 버둥거렸다.

"저, 저, 저거."

봄이가 몸부림치자, 빵집 사장은 아쉬운 듯 팔을 풀었다.

"아이고, 빵만 좋아하고!"

봄이는 쪼르르 가더니 소보로빵을 덥석 잡았다.

"저 녀석은 취향도 나랑 같다니까."

베이커리 사장의 눈에는 봄이로 가득했다. 진열대 사이에서 양손으로 소보로빵을 꽉 쥐고, 작은 입으로 오물오물 베어 먹는 봄이를, 바라보는 베이커리 사장의 모습은, 한 장의 사진이 되어 지원의 가슴에 꽉 박혔다. 마음이 몽글몽글해지는 것 같기도 하고,

암튼 뭐라 설명할 수 없는 감정이 뒤섞이고 있었다.

"봄아, 뛰어다니면 안 돼. 가만히 서서 먹어야지. 여기저기 흘리지 말고."

봄이가 서 있는 자리 아래로 소보로 부스러기가 가득했다. 베이커리 사장이 다가가는 걸 눈치챈 봄이는, 재바르게 반대쪽으로 도망갔다. 반대쪽 바닥에도 소보로 가루가 우수수 떨어졌다. 하지만 그걸 신경 쓰는 사람은 지원뿐이었다. 두 사람은 술래잡기라도 하듯 빵집 안을 돌아다니고 있었다.

언제나 지원에게 따뜻한 손을 내밀어 주는 옷집 사장 은주와 베이커리 사장 재식. 두 사람은 동네에서 사이좋기로 소문난 부부였다. 은주는 봄이가 소보로를 좋아한다는 얘기를 듣고는, 매일 저녁 밀밭 베이커리로 지원과 봄이를 불렀다.

"봄아, 봄아."

"봄아, 봄아 내한테 좀 와 바라. 아줌마가 우리 봄이 얼매나 보고 싶었는지 아나?"

사장 부부는 서로 봄이를 데려가려고, 봄이의 이름을 계속 불렀다. 하지만 봄이는 소보로빵 앞에서 꼼짝도 하지 않았다. 지원이 물티슈와 휴지를 들고 봄이가 흘린 빵부스러기를 치우려고 바닥에 앉았다.

"지원 씨, 봄이 다 먹고 나면, 내가 치울 거니까 그냥 있어요."

"그래 지원아, 봄이 아직 덜 묵읏따. 아이고 저 입술 봐라. 오물오물 잘도 묵는다. 호호호."

지원은 지금, 이 순간이 영원했으면 좋겠다는 생각이 들었다.

다음 날, 옷집에 출근한 지원은 여느 날처럼 아침 정리를 했다. 아침 정리는 가게 청소, 유리 닦기, 재고 및 장부 확인, 마네킹의 옷 갈아입히기, 디스플레이 확인, 사장의 메모 확인, 그리고 믹스 커피 한 잔을 마시는 것이었다.

"무슨 일이고 지원아, 니가 먼저 내를 다 보자카고."

점심시간이 지나 가게에 나온 은주가 지원 옆에 앉았다.

"지원아, 갑자기 안 하던 거 하면 이상한 거 알제? 우리 지원 씨가 할 말 있다카이 무섭대이."

"사장님, 있잖아요, 저 하고 싶은 일이 생겼어요! 사장님이 저만 보면 하고 싶은 거 없냐고 물어보셨잖아요. 근데 진짜 하고 싶은 거 생겼어요."

"맞나! 아이고 잘됐네. 그기 뭔데?"

"저, 빵 만들고 싶어요."

"빵?"

"봄이가 밀밭 베이커리 가는 거, 제일 좋아하잖아요. 거기만 가면, 봄이도 저도 그렇게 기분이 좋을 수가 없어요. 이상해요. 사장님 두 분이, 우리 봄이 보고 웃으시는 소리만 들어도 마음이 편안해진다니깐요. 봄이가 소보루빵 들고 밀밭 베이커리 사장님이랑 술래잡기하는 걸 보면 눈물이 날 때도 있었어요. 소보루빵 꼭 쥐고 뛰어다니는 봄이의 웃음소리가 너무 좋아요."

은주는 지원의 이야기를 진지하게 듣고 있었다. 지원도 떨리는 마음을 진정시키며 하고 싶은 이야기를 이어 갔다.

"그래서 말인데요, 소보루빵, 만들고 싶어졌어요"

"봄이가 빵 좋아해서 만들고 싶나?"

"예."

"소보루빵 말이가. 봄이가 젤 좋아하는 거, 그 빵만 만들고 싶다꼬? 지원아."

지원을 싱긋이 바라보는 사장님은 벌써 반달눈이 되었다.

"사장님도 참, 히힛. 봄이 덕분에 제가 하고 싶은 일을 찾았어요. 전에 일하던 만리장성 사장님이 음식은 행복을 주는 것이라고 했어요. 이제 그 말의 의미를 조금은 알 것 같아요. 행복한 빵을 만들고 싶어요."

"홍 사장이 그런 말도 할 줄 알드나? 쪼매 멋있네. 호호호"

"그래서요, 사장님. 제대로 배워 보고 싶어요. 제빵사 자격증 도전하려고요."

"제빵사 되는 거 알아봤나?"

"당연하죠. 일단은 시험부터 합격해야죠."

"시험공부, 우째 할라꼬? 그라믄 하던 일은 우짜노?"

"일은 계속해야죠. 필기는 혼자서 공부하면 될 것 같아요. 근데 실기는 학원이라도 다녀야 하는데, 일하면서 시험 준비를 할 수 있을지 모르겠어요. 사장님, 어떡하면 좋을까요?"

"일 안 하믄 돈은 우야노?"

"그러니까요. 돈도 계속 벌어야 해서, 일을 그만둘 수도 없고. 잘 모르겠어요."

"음, 그래. 생각 좀 해 보자. 니가 무슨 말 하는지는 알아들었대 이. 나도 생각할 시간이 필요하니까 며칠만 시간을 좀 주라."

지원은 속 마음을 터놓고 의논할 수 있는 사장의 존재만으로도 마음이 든든했다. 자기 일이라도 되는 것처럼 진지하게 이야기를 들어 준 사장이 고맙고 고마웠다.

"지원아, 생각 좀 해 봤나?"

"네. 좋은 생각이 안 나요, 사장님. 일도 해야 하고 공부도 해야 하는데, 봄도 걸리고…."

"지원아, 내가 곰곰이 생각해 봤거든."

"네."

"이렇게 하믄 어떻겠노? 지원이 니가 밀밭 베이커리에서 일하는 거 말이다. 거기서 일하믄 빵 만드는 것도 배울 수 있고, 따로 학원 같은 데 안 다녀도 되니까. 돈도 벌고, 시간도 벌고, 빵 만드는 것도 배우고, 어떻노?"

"그래도 돼요? 사장님"

은주의 제안에 지원은 몸 둘 바를 몰랐다.

세심한 배려에 벅찬 눈물이 고였다.

"그러면 사장님은요. 옷집에도 사람 필요하잖아요."

"여는 다른 사람 구하든가, 아니믄 내 혼자 해도 된다. 원래 내 혼자 안 했나. 니는 신경 쓸 거 없다."

"애들 아빠도, 지원이 니 얘기하니까 너무 좋다카더라. 언제든 편할 때 출근하라더라."

"고맙습니다, 사장님. 정말 고맙습니다."

"이만한 일에. 인사까지 받을 일 아이다, 지원아. 식구끼리 당연한 걸, 뭐 이래 고맙다꼬 그라노. 지원이 니가, 하고 싶은 일이 생겼다는데, 내 기분이 와 이래 좋노."

*

어린이집에서 몇 차례 다툼이 있었다. 다툼이라기보다는 일방적인 따돌림...이었다. 하준 엄마는 지원에게조심스럽게 봄이의 이야를 전했다. 지원은 그동안 봄이 걱정만 했지, 봄이를위해서 적극적으로 움직이지 않았던 자신을 원망했다.

'한심하고 멍청한. 봄이가 어떻게 지내는지도 모르고, 뭐 하는 사람인지.'

하준이라는 든든한 친구가 있긴 했지만, 봄이는 아이들에게 따돌림당하고 있었다. 지원은 어린이집에 전화를 걸었다.

"어머님, 아빠가 없다고 놀린 거에 대해서는 제가 조금 더 신경 쓰겠습니다. 봄이나 어머님이 상처받는 일이 없어야 하는데, 제가 면목이 없습니다."

"원장님, 봄이가 하는 말, 말투 때문에 따돌림도 당한다고 들었습니다만"

"아이들에게 몇 번이나 주의를 줬는데, 죄송합니다. 봄이 어머니 볼 면목이 없습니다."

지원은 절망스러웠다.

"원장님, 잘 부탁드리겠습니다. 우리 봄이, 더 이상 상처받지 않도록 특별히 신경 좀 써 주세요. 제발, 부탁드립니다."

"네... 어머님. 죄송합니다."

"우리 봄이, 말투 말이에요. 더듬고, 느린 거 고칠 수 있을까요?"

"말하는 건 아이마다 개별 차가 많아서, 뭐라고 단정하기가 어렵습니다, 어머님. 다만 봄이의 경우는 말을 더듬고, 말하는 속도도 느린 데다, 다른 사람들의 이야기를 잘 못 알아듣는 일이 종종 있는 것 같아요. 이해가 안 되어서 그런지, 수업 시간에 혼자 딴짓할 때도 많고요. 그런 게 조금 걱정이긴 합니다."

"봄이를 위해서 어떻게 해야 할까요?"

지원의 속이 바짝바짝 타들어 갔다.

"자세한 건 병원이나 전문 상담 기관에서 검사를 받아 보는 것이 정확할 것 같습니다. 봄이에게도 그게 더 좋은 방법 같아요."

'검사하면 어떻게 나올까? 병원에 다니면 좋아질까?'

해맑은 봄이의 손을 잡고 어린이집을 나오는 지원. 하지만 지원의 머릿속은 암흑의 미로 속에서 헤매고 있었다.

'나 때문이야. 내가 봄이를 이렇게 만들었어.'

*

밀라노 헤어로 출근하기 시작한 민아는 밀라노 헤어 근처에서 살 집을 구하고 있었다. 마음에 드는 곳은 민아의 예산보다 비싸거나 지금 당장 이사할 수 없는 곳이었다. 부동산에서 소개해 준 몇몇 집 중에서 민아의 마음에 쏙 든 집이 있었다. 방 세 개에 거실과 주방이 따로 있는 햇살 좋은 이층집이었다. 옥상도 사용할 수 있고 이사도 바로 할 수 있었다.

다른 집을 소개받아도 그 집만큼 마음에 드는 곳이 없었다. 하지만 예산이 맞지 않아 마음만 조급했다. 퇴근길, 버스정류장의 벤치에 앉아 있는 지원과 봄이를 발견했다. 민아는 반갑게 이름을 부르며 달려갔다. 하지만 지원은 민아가 부르는 소리가 들리지 않는 것 같았다.

"지원아, 이지원! 이봄, 봄아!"

"…."

"봄이 안녕? 지원아, 왜 그래? 무슨 일 있어?"

맥없이 앉아 있는 지원에게 민아가 조심스럽게 물었다. 지원 옆에 딱 붙어 앉아 발장난을 치고 있는 봄이의 머리를 쓰다듬었다.

"민아야…."

"왜 그래? 왜 이렇게 힘이 없어? 어디 아파?"

"아니, 그냥. 오늘 좀 힘드네. 봄이랑 병원도 가고, 상담센터도 가고, 그래서 그런가 봐."

"병원? 상담센터? 무슨 말이야?"

민아는 지원 곁으로 바짝 붙었다. 지원은 그동안 어린이집에서 있었던 일이며, 봄이에 관한 이야기를 털어놓았다.

"병원인가 상담센터? 거기서 뭐라고 하던데?"

"경계성 지능 장애래."

"뭐? 경계성 뭐? 그게 뭔데? 심각한 거야?"

민아는 너무 놀라 목소리가 커진 줄도 모르고 계속 캐물었다.
"봄이 듣겠다, 민아야."
민아는 힘없이 앉아 있는 지원의 작은 목소리에 가슴이 쓰라렸다.
"민아야, 뭐 물어봤지? 아, 심각한 거냐고? 그런 건 아닌 것 같아. 일찍 발견한 편이라 좋아질 수 있대."
"그럼 됐네, 난 또 큰일 난 줄 알았잖아."
"민아야, 근데 뭘 어떻게 해야 할지 모르겠어."
"엄…마아."
"봄아, 괜찮아. 민아 이모가 목소리가 좀 커서 그래."
봄이를 바라보는 지원의 눈이 슬픔으로 번지고 있었다.
"민아야, 어떡하지? 봄이가 이렇게 된 게 다 나 때문인 것 같아."
"왜 그래 지원아. 아니야."
"나 봄이 임신했을 때 태교도 제대로 못 하고, 이상한 생각이나 하고. 흐흐흑…. 다 나 때문이야. 내가 잘못해서… 흑흑…."
눈물이 그렁그렁했던 지원은 민아 쪽으로 몸을 돌려 서럽게 울기 시작했다. 민아는 얼른 지원을 안아 일으키고는 봄이가 알아차리지 못하도록 멀찍이 섰다. 계속 앉아 있는 게 지겨웠는지 봄이가 자리에서 일어나 버스정류장 주변을 돌아다녔다. 그러다가 주워 온 작은 돌멩이로 길바닥을 도화지 삼아 그리기 시작했다. 알 수 없는 선을 마구 긋는 봄이를 보자 저절로 미소가 지어지는 민아. 하지만 민아의 품에서 서럽게 흐느끼는 지원을 보니 마음이 어지러웠다. 지원의 등을 토닥이며 진정되기를 기다렸다. 지원의 얼굴을 닦아주고, 봄이의 손을 잡고 민아는 지원의 집으로 향했다. 셋이서 저녁을 먹고 12시가 다 되어 지원의 집을 나오는 민아. 지원의 울음소리와 봄이의 얼굴이 어른거렸다.

며칠 뒤 민아는 퇴근 후 지원의 집을 찾았다.
"지원아, 나 할 말 있어."
"뭐?"
"내가 말하기 전에 먼저 약속 하나 해 줘."
"뭐래. 왜 그래 무섭게."
지원은 장난스러운 얼굴로 대수롭지 않게 민아를 쳐다보았다.
"나, 지금부터 진짜 중요한 이야기할 거거든. 정말 고민 많이 했단 말이야. 너, 나 알지? 복잡하고 생각 많이 하는 거 제일 싫어한다는 거."
"알지, 단순 무식 김민아 씨."
"지금부터 내가 하는 말 잘 듣고, 무조건 오케이하는 거야. 안 그러면 나 말 안 할 거야."
"왜 이래, 너답지 않게. 뭐 사고 쳤어? 그런 거야?"

"사고는 무슨. 그런 거 아니야."
"무슨 이야기가 하고 싶은데? 민아 씨, 너무 진지한 이야기라면 사양합니다요. 꺼내지도 마."
지원은 민아의 알 수 없는 표정이 그저 웃기기만 했다.
"지원아, 나 진짜 진지하고 어른스럽게 생각하고 결정한 거니까 그냥 따라 주면 좋겠어. 무조건 내가 하자는 대로 하는 거야."
"어른스럽게? 어른스럽게라는 말이 네 입에서 나올 줄 몰랐다. 흐흐흐. 벌써 웃긴데?"
"지원아!"
지원이 처음 들어보는 단호한 민아의 음성이었다.
"지원아, 우리 같이 살자."
"뭐? 왜 같이 살아?"
지원이 되물었다.
"나, 너랑 같이 봄이 키우고 싶어."
순간 지원은 온몸에 일시 정지 버튼이 눌린 것 같았다.
"봄이 이야기 듣고 경계성 뭔가 하는 거 찾아봤어. 그거 별거 아니더라. 옆에서 도와주는 사람이 많으면 좋아지는 거라며. 말 많이 시키고, 같이 시간 보내고 하면 좋다며."
"잠깐만, 민아야. 잠깐만."
"지원아, 내 이야기 끝까지 들어. 봄이한테는 너, 너한테는 봄이

둘밖에 없다고 생각하지?"

"맞잖아. 나랑 봄이 둘이지 뭐."

"아니지, 그렇게 생각하면 안 돼. 너 전에 일했던 중국집 사장님, 좋은 분이라고 말한 거 기억 나?"

"음, 그랬지."

"그리고 옷집 사장님이랑 베이커리 사장님도 너랑 봄이 많이 아낀다고 했잖아."

"엄청나게 아껴 주시지."

"그리고 우리 원장님, 밀라노 헤어 원장님 말이야. 너랑 친하다며, 친언니 같다며."

"그럼, 하준 언니는 나의 수호천사, 하준이는 봄이의 수호천사."

민아의 이야기를 듣고 있던 지원은 자기도 모르게 무릎을 쳤다.

"민아야, 나를 아껴주는 분들이 옆에 다 계셨네. 나를 다시 살아가게 해 준, 이렇게 좋은 분들이 많았는데, 미처 몰랐다, 야. 네 덕에 깨달았네, 고맙다. 김민아"

지원은 민아의 이야기를 듣다 말고, 자기감정에 빠졌다. 때아닌 감동의 물결에 순간 울컥해졌다.

"민아야, 잠시만."

지원은 민아의 이야기를 자르고 큰 숨을 들이마셨다. 불과 얼마 전까지는 누군지 알지도 못했던 그 사람들 덕분에 지원은 살아가고 있었다. 지원이 딴생각에 빠지자, 민아가 지원을 다시 불렀다.

"그러니까 지원아. 내가 하고 싶은 말은⋯."

"너, 도대체 무슨 얘기를 하려고 이렇게 서론이 길어? 빨랑 말해, 숨넘어가겠다"

"지원아, 나도 너 정말 좋아. 아니 존경해. 난 나 혼자 살겠다고 내가 낳은 아기도 모른 척하고 도망쳤는데, 너는 봄이 지켰잖아."

"민아야⋯."

"네가 좋은 사람이니까 네 곁에 좋은 사람이 많은 거야. 그리고 이건 널 위해서 하는 말인데, 그분들한테 잘해라. 진짜 가족이라도 그렇게는 못 한다. 알지?"

"뭐래."

"그러니까 내 말은, 나도 네 옆에서 좋은 사람 하고 싶다고. 봄이 경계성 그거가 뭐 어때서? 말 좀 늦은 게 대수니? 아빠 없는 거? 말도 안 되는 아빠 있는 것보다 없는 게 백배는 낫지. 암튼 나는 네가 봄이 때문에 우는 것도 싫고, 괜히 다른 사람 눈치나 보는 건 더 싫어. 너나 나나 비빌 데도 없잖아. 우리 둘이 한번 잘해 보자고."

장난 가득했던 지원의 눈이 심각하게 동그래지고 있었다.

"뭐라는 거야? 민아야, 너 지금 진짜 진심이야?"

"나 지금 너무너무 진심이야. 나, 너 봄이, 이렇게 우리 셋이 살아보자. 그렇게 살고 싶어. 나도 평생 혼자 버둥거리며 살아왔잖아. 더 이상 혼자 살기 싫어. 내가 미친 짓 하면 말려 줄 사람도 있어야 하고, 불 꺼진 집에 혼자 들어가는 거 이제 지겨워. 아니 무서워, 갑자기 누가 튀어나올 것 같단 말이야. 우리 셋이 똘똘 뭉치면, 난 세상에 부러울 게 없을 것 같아. 그리고, 이지원! 봄이는 이제 우리 딸이야. 내 딸도 되는 거라고, 알겠지?"

놀란 지원의 눈과 입은 점점 더 벌어지고 있었다. 할 말 많은 민아는 이야기를 이어갔다.

"나, 이 동네에서 살만한 집 알아봤는데, 너랑 나랑 합치면 괜찮은 데 구할 수 있을 것 같아. 나도 집에 들어가면, 나 기다리는 사람, 있으면 좋겠어. 컴컴한 집 말고, 불 켜진 환한 집 말이야. 사람 소리 나는 그런 집."

두서없이 쏟아 낸 민아의 이야기, **지**원은 민아가 고맙고 고마웠다. 봄이를 재우고 눈물로 지새웠던 밤이 파노라마처럼 지나갔다.

*

010-2510-XXXX.

지원은 처음 보는 번호에 잠시 망설이다가 통화 버튼을 눌렀다.

"여보세요?"

"이지원 씨 전화 맞습니까?"

지원은 낯선 목소리에 당황했다.

"누구세요?"

"지원이? 이지원? 맞네, 맞아."

"누구세요?"

"지원 학생이라고 하면 기억나려나? 지원이 집에서 일하던 가사 도우미 아줌마, 기억나?"

"도우미 아줌마? 당연히 알죠! 아줌마!"

백일도 지나지 않은 봄이를 데리고 다시 집에 돌아갔을 때 유일하게 지원을 도와준 도우미 아줌마, 임정례의 목소리는 반갑고 반가웠다. 가출 후 다시 돌아간 본가에서, 지원 부모의 눈을 피해 봄이를 돌봐주고 지원을 보살펴 준 아줌마. 도우미 아줌마에 대한 고마움과 미안함을 잊은 적이 없었다.

"아줌마, 아줌마…."

정례의 목소리에 지원의 심장이 요동치기 시작했다. 벅차오른 감정에 말을 잇지 못하고 수화기만 들고 있었다.

"지원 학생, 잘 지냈어?"

"아줌마…."

"목소리 들으니 반갑네."

"아줌마, 제가 먼저 연락드려야 하는데 죄송해요. 아직 자리를 못 잡아서…. 봄이랑 둘이 사는 거 자신 있다고 큰소리치고 나오긴 했는데, 사는 게 만만치 않더라고요. 형편이 그래서 연락도 못 드렸어요."

"괜찮아, 지금이라도 지원 학생 목소리 들으니까 맘이 놓이네."

울컥했던 마음이 조금 가라앉자, 지원의 입에서 핑계 같은 투정이 절로 나왔다. 긴 시간이 지났지만 두 사람 사이, 공백의 어색함 따위는 찾아볼 수 없었다.

"아줌마, 진짜 진짜 죄송해요. 먼저 제가 연락드려야 했는데. 아줌마도 잘 지내시죠?"

"난 잘 지내지. 지원 학생이 그렇게 나가고 나서 참 궁금하더라고. 애가 애를 낳아서는 밥이나 제대로 먹는지, 잠은 잘 자는지, 어디 몸 누일 데는 있는지. 걱정이 많았는데."

정례의 이야기에 지원의 눈이 다시 붉어졌다. 목이 메었다.

"아줌마, 우리 봄이 이제 어린이집 다녀요."

"벌써? 하긴 세월이 얼만데. 그때 지원 학생이, 아기 안고 현관에 서 있던 장면은 잊히지 않아. 내가 말은 못 했지만, 심장이 떨어져 나가는 줄 알았어. 지원 학생 얼굴 보니 얼마나 마음이 아프던지. 반쯤 정신 나간 사람처럼 휑한 얼굴에 말라비틀어진 몸으로 아기를 안고, 제 몸보다 큰 짐 가방을 들고…."

"아줌마, 난 그때 일은 기억하기도 싫은데…."

"그때 내가 해 준 밥 먹고 뼈만 남았던 지원이가 조금씩 살도 붙고, 공부한다고 아기 봐 달라고 몰래 부탁하던 게 얼마나 대견하고 기특하던지. 아기랑 살아 보겠다고, 발버둥 치던 모습이 눈에 선하네, 후후."

"아줌마는 기억력도 좋으세요. 전 생각도 안 나는데요, 호호."

"그때 지원 학생이랑 아기 돌보는 거, 하나도 힘들지 않았어. 다 내가 좋아서 한 일이야. 사모님이랑 사장님 눈치도 하나도 안 봤다니까. 그 서슬 퍼런 양반들 때문에 힘들어하는 지원 학생이 그저 안쓰러웠지."

"그때 아줌마 없었으면 어땠을지 생각만 해도 아찔해요. 이 은혜는 제가 꼭 갚을 거예요. 조금만 더 기다려 주세요."

"은혜라니 별 소릴 다 듣네. 내가 좋아서 한 일이라니까."

두 사람이 통화하는 건 처음이었지만, 매일 안부를 묻던 사이처럼 별스럽지 않은 단어 하나에 웃고, 대수롭지 않은 물음에 울음을 터트리며 한참 이야기를 이어 갔다.

"지원 학생, 내가 또 전화해도 될까?"

"당연하죠, 아줌마. 언제든지 대환영이에요."

"아, 지금 사는 데는 어디야?"

정례는 지원이 사는 동네를 확인하고 두 사람은 아쉬워하며 통화를 마무리했다.

*

  지원과 통화를 끝낸 정례는 핸드폰을 놓지 않고 한참을 검색했다. 다음 날, 지원이 사는 동네의 부동산 사무실을 찾았다. 채광이 좋고, 조용하고, 깨끗한 집과 국숫집을 할 만한 가게 자리가 있는지 물었다.

  3개월 후, 지원의 동네 대로변에는, 새로 문을 여는 음식점의 홍보 현수막이 붙었다. 하얀 바탕에 '국숫집'이라는 세 글자만 적힌 현수막. 새로 생긴 이 가게는 버스정류장 뒤쪽 편의점으로 가는 길목에 자리 잡았다. 가게 출입문 왼쪽에는 '국숫집'이라고 새겨진 작은 원목 문패가 걸려 있었다.

  지원의 핸드폰 화면에 '평생 은인'이라는 글자가 떴다.
"아줌마!"
"지원 학생, 잘 지냈어? 아기는? 아픈 데는 없고?"
"그럼요. 제가 먼저 보여 드려야 하는데, 매번 늦네요. 호호호."
지원은 처음보다 한결 편안한 음성으로 대화했다.
"뭐 하고 있었어? 저녁은? 아직 식사 전이지?"
"네, 안 그래도 뭐 먹을까 생각하고 있었어요."
"잘 됐다. 지원 학생, 봄이 데리고 같이 올래?"

"네? 어디로요? 어디 계시는데요?"

"지원 학생이 사는 동네 버스정류장 근처 편의점 알지?"

"네, 알죠. 근데 아줌마가 거기를 어떻게 아세요?"

"그 편의점 옆으로 국숫집이 보일꺼야. 그리로 오면 돼. 얼른 와라. 지금 바로."

"여보세요, 아줌마!"

정례가 급히 전화를 끊어버리는 통에 지원은 고개를 갸웃거렸다. 봄이 옷을 챙겨 입히고 손을 꼭 잡고 나가면서도 무슨 일인지 감을 잡을 수 없었다. 민아는 퇴근 후 약속이 있어 봄이랑 둘이 뭘 먹을까 싶던 차에 잘됐다 싶다가도, 갑자기 무슨 일인가 싶었다.

'갑자기 웬 국숫집?'

어리둥절한 마음으로 편의점에 다다르니 새로 생긴 가게로 보이는 곳이 있었다.

'국수집'

'여기 국숫집이 있었나? 언제 생겼지?'

문을 열고 들어가니, 하얀 앞치마에 하얀 머릿수건을 두른 도우미 아줌마가 반가운 얼굴로 서 있었다.

"아줌마!"

생각지 못한 모습에 놀란 지원은 그 자리에 멍하니 서 있었다.

"어서 와요. 지원 학생, 우리 봄이."

정례가 다가와 무릎을 꿇고 앉아 봄이를 살포시 끌어안았다.

"아휴, 우리 봄이 이쁘게도 컸네."

"지원 학생, 아니다. 이제 학생이라고 하면 안 되지. 요롷게 이쁜 아이가 있는데. 이제 '지원'이라고 불러야 하나? '봄이 엄마'로 불러야 하나?"

지원은 무슨 상황인가 싶어 눈만 껌뻑였다.

"배고프지? 일단 먹고 이야기하자."

정례는 김이 모락모락 나는 정갈한 국수 두 그릇을 나무 쟁반에 받쳐 들고 와 지원과 봄이 앞에 놓았다.

"내일이 오픈인데, 두 사람한테 먼저 보여 주고 싶었어. 그리고 미리 말 안 한 건 서프라이즈라고 해 두자, 후훗."

"진짜 놀랐어요, 아줌마. 서프라이즈 완전 성공!"

"성공이라니 나도 기쁘네!"

지원과 봄이를 보며 활짝 웃는 정례의 얼굴이 활짝 핀 해바라기 같았다. 정례는 포크에 국수를 돌돌 말아 호호 불어 봄이에게 먹여 주었다. 김 나는 국수보다 따뜻한 정례의 눈동자는 지원과 봄이를 놓치지 않았다.

"이제 뭐라고 부르는 게 좋을까? 봄이 엄마? 지원이?"

"지원이요."

"그래, 지원아. 천천히 많이 먹어."

"아줌마도 같이 드세요. 봄이 먹이느라 하나도 못 드셨잖아요. 아니, 이제 아줌마라고 하면 안 되죠. 사장님!"

"사장님? 듣기 좋네, 사장님. 호홋."

배부르게 국수를 먹은 봄이는, 식당 안을 기웃거리며 깡총 걸음으로 신나게 돌아다녔다. 정례는 따뜻한 자몽차를 가져와 지원의 옆에 앉았다. "봄이가 저렇게 뛰어다니는 거 신기해요. 낯선 데 가면, 제 뒤에만 있으려고 하거든요."

"그래? 봄이가 좋아해서 다행이네. 지내는 건 어때?"

"지금은 너무 좋아요. 옷집에서 일하는데 거기 사장님 최고예요. 그리고 전에는 만리장성이라고, 가까워요, 여기서. 거기 사장님도 너무 좋으신 분이었어요. 다음에 저랑 거기 짬뽕 먹으러 가요. 세상에서 제일 맛있는 짬뽕! 히힛"

"지원 학생, 아니 우리 지원이 웃는 얼굴이 이렇게 예뻤나? 잘 지내서 너무 좋다. 봄이는?"

"봄이도 어린이집 잘 다니고 있어요. 아줌마, 아니, 사장님이야 말로 이게 무슨 일이래요. 어떻게 여기 국숫집을 다 차렸어요?"

"놀랬지? 너희 집에서 일할 때도 막연히 생각은 했었어. 나중에 국숫집 하나 차리면 어떨까 하고. 언제까지 남의 집 일만 할 수는 없잖아. 그러다가 더 늦어지면 아무것도 못 할 것 같아서 용기를 냈지. 내가 나이를 많이 먹었더라고, 호호."

"제가 보기엔 똑같은데요. 저 어릴 때나 지금이나, 아줌마는 변함이 없으신데요."

"아휴, 입바른 소리도 할 줄 알고 지원이도 사회생활 잘하네."

가게 안을 제 집처럼 뛰어다니는 봄이와, 한결 밝아진 지원의 얼굴을 보고 있자니 정례의 눈시울이 뜨거워졌다.

정례는 지원이 갓난아이를 안고, 집으로 돌아온 날을 잊을 수 없었다. 그리고 봄이를 데리고 돌아온 지원을 살펴주던 3개월, 정례에게 남다른 의미였다. 지원을 돌보고 싶다는 마음이 확고해지는 계기가 생긴 시간이었다.

'어디엔가 있을 내 딸이, 저렇게 힘든 시간을 보낸다면….'

'내 딸도 어디선가 아기를 낳았겠지….'

그 당시 지원을 보면서 얼마나 눈물을 흘렸던지. 정례는 잠시 옛 생각에 잠겼다.

"언제든 들러. 내 집이라 생각하고 배고플 때, 심심할 때, 아무 때나 들러. 봄이도 내가 봐 줄 테니까 필요할 때 주저 말고 부탁하고. 알겠지?"

"진짜요? 그러면 너무 좋죠."

"그리고 지원아, 내가 오랫동안 생각한 건데. 음, 내가 지원이를 좀 도와주고 싶어. 그래도 될까?"

자몽차를 후후 불던 지원은 깜짝 놀라 정례를 쳐다봤다.
"이미 많이 도와주신걸요."
지원은 차를 테이블에 놓고, 정례를 바라보며 고쳐 앉았다. 정례는 지원의 손을 꼭 잡았다.
"지원이가 힘들거나 도움이 필요할 때 언제든지 편하게 말해 주면 좋겠어. 봄이도 마찬가지고. 예전에 봄이가 백일도 안 되었을 때 지원이가 검정고시 준비한다고, 봄이 봐 달라고 했을 때 사실 나 정말 좋았어. 말은 못 했지만, 너무너무 감사했어. 난 다시는 아기를 안을 수 없다고 생각했거든."
"무슨 말씀이세요, 평생을 갚아도 다 갚지 못할 큰 신세를 진 건 전데요. 감사할 사람은 아줌마가 아니라 저죠."
"암튼 지원아, 내 마지막 소원이고, 살아가는 이유야. 부담 갖지 말고, 나의 진심을 받아주면 좋겠어. 지원이와 봄이와 함께 하고 싶어. 아낌없이 후원하고 싶어. 내 마음이 가는 만큼 충분히. 고등학생 어린 나이에 아기를 지키겠다고 하는 지원이를 보고, 내가 생각이 참 많았어. 앞으로도 내가 늘 곁에 있을게. 지원이가 아무 때고 달려 올 수 있게."
'언제든지 돌아와. 내가 도와줄게.'
지원은 불현듯 정례가 했던 말이 생각났다.

*

다른 날보다 일찍 출근한 지원은 가게 안을 천천히 하나하나 눈에 담았다. 손님이 없는 틈에는 바닥도 유리도 평상시보다 더 많이 닦았다. 2시가 조금 넘은 시간, 은주가 늦은 출근을 했다.

"사장님"

지원은 폴짝폴짝 뛰면서 은주 곁을 맴돌았다.

"니, 뭐 좋은 일 있나? 지원아. 와 이라노. 어지럽구로"

말은 그렇게 하지만 이미 은주의 반달눈은 웃고 있었다.

"사장님, 이거요."

은주는 지원이 내미는 묵직한 종이 가방을 받았다.

"이기 뭐꼬? 옴마야, 내가 이거 사고 싶어 하는 거 우째 알았노? 우리 지원이가 내 마음을 다 알아삤네! 호호호."

"사장님이 제게 주신 거에 비하면 아무것도 아니에요."

"쓸데없는 소리. 지원아, 니 자꾸 이상한 소리하면 내 삐진대이."

종이 가방 속 상자를 열자 연한 카키색 운동화가 얌전히 앉아 있었다. 은주는 서둘러 운동화를 꺼내 발을 넣었다. 오래 걸어도 발이 아프지 않고, 오래 서 있어도 허리가 아프지 않다고 광고하던 운동화였다.

"음마야, 사이즈도 딱이다. 내 사이즈는 우째 알았노? 너무 좋다. 편하다 편해. 내가 이 색 좋아하는 건 또 우째 알았고? 암튼 우리 지원이는 모르는 기 없는기라, 후후후."

은주는 어린아이처럼 활짝 웃으며, 지원이 선물해 준 운동화를 신고 거울에 비춰 보느라, 여기저기 걸어 보느라 분주했다. 은주의 반달눈이 신나게 웃고 있었다. 은주는 지원을 향해 허리를 직각으로 구부려 배꼽인사를 했다.

"이지원씨, 정말 정말 감사합니데이."

"사장님!"

"봄이 흉내 쫌 내봤다아이가. 호호"

"사장님도 참, 히히. 다음엔 더 좋은 거 사 드릴게요."

"지원아, 니 와 이라는데. 어데 가나? 영영 안 볼끼가? 엎어지면 코 닿을 데 가믄서."

쑥스러움에 발갛게 물드는 지원의 얼굴을 바라보는 은주의 반달눈엔 온기가 가득했다. 웃고 있는 두 사람의 마주 잡은 손등 위로 눈물방울이 또르르 떨어졌다.

지원은 내일부터 밀밭 베이커리로 출근한다. 은주의 배려, 아니 은주와 재식의 다정한 배려가 지원의 꿈을 응원하고 있다.

"니, 우리 아저씨보다 빵 더 잘 만들면 안 된데이!"

작가의 말

인생이 소설이고, 소설이 인생이다
지금을 살아가고 있는 우리에겐 저마다의 색깔과 이야기, 향기가 있다. 각자의 고유색과 향기가 만들어지기까지 얼마나 많은 일들이 벌어졌으며, 고민과 번뇌의 시간을 보냈는지는 굳이 설명하지 않아도 알 수 있다. 그래서 나는 사람이 좋다. 첫인상으로 내 맘대로 판단해 보지만, 언제나 나의 이기적인 생각은 진실을 피해 간다. 우매한 나의 머리와 눈으로 가늠할 수 없는 그들의 무수한 경험의 수치들을 존중한다.

가족, 관계의 시작
세상에 눈을 뜨는 순간, 아니 이미 그 전 잉태의 순간부터 정해져 있는 관계, 가족.
그래서 가족은 각별하고 애달프다. 인생이라는 걸 알기도 전에 시작된 가족. 인생의 시작을 함께하고 삶을 이어 나가는 곳이다. 웃음과 기쁨이 가득하길 바라지만, 늘 그렇듯 인생은 핑크빛만 있는 건 아니니까. 예상치 못한 엄청난 일에 맞닥뜨린 순간, 가족의 외면은 가혹한 형벌이 된다.

비빌 언덕 하나쯤은
한집에 산다고 모두 같은 생각을 가질 수는 없다. 부모의 가치관에 순응하고, 형제자매들과 비슷한 사고와 행동을 강요받기도 한다. 나 역시도 그랬던 것 같다. 어릴 땐 부모님이 무서워 아무 말 하지 못했고, 성인이 된 후엔 말해봐야 소용없음에 입을 닫았다. 가족 구성원, 각자의 다른 생각을 들어주고 이해해 주면 좋겠다. 가족이라는 이름의 무게가 무거워지거나 아예 기대조차 할 수 없는 관계가 되지 않기를 바란다. 가족끼리 외면하고 무시하는 일로 불행을 초래하지 않았으면 좋겠다. 하지만 가족 때문에 고통받고, 힘들다면 조금만 시선을 넓혀 보는 건 어떨까? 가족에게서 찾지 못한 것을 의외의 사람들로부터 발견할 수도 있으니까 말이다.

서로에게 힘이 되고, 온정을 나누며 함께 살아가는 사람들이 있다면, 그 또한 행복이 아닐까.

함께 가는 세상
가장 가깝다고 생각한 사람들로부터 버림받고, 믿었던 관계가 깨어질지라도 살아야 하니까 조금만 유연한 마음으로 세상을 바라보고 싶다. 좁고 닫힌 마음에서 벗어나길 바라는 마음으로, 실망하고 모자라도 서로를 놓지 않는 마음으로 함께 살아가자고 이야기하고 싶었다. 혼자가 아니라고, 함께 손잡고 나아갈 세상의 한 걸음이 되길 바란다.

이 책이 나오기까지, 함께 사는 것을 느끼게 해준 모든 분에게 고개 숙여 감사의 인사를 보냅니다.

25년 7월
최 이 정

거의 완벽한 가족

초판 1쇄 발행   2025년 7월 31일

지은이   최이정
펴낸이   김수영

경영지원   최이정 · 박성주   마케팅   박지윤 · 여원   브랜딩   박선영 · 장윤희
교정·교열   김민지   표지 디자인   디자인스튜디오 마음

펴낸 곳   담다
출판등록   제25100-2018-2호 (2018년 1월 9일)
주소   대구광역시 달서구 문화회관길 165, 대구출판산업지원센터 402호
이메일   damdanuri@naver.com
인스타   @damda_book
블로그   blog.naver.com/damdanuri

ISBN 979-11-89784-66-9 (03810)

· 책값은 뒤표지에 표시되어 있습니다.
· 이 책의 판권은 지은이와 도서출판 담다에 있습니다.
· 이 책 내용의 전부 또는 일부를 재사용하려면 반드시 양측의 서면 동의를 받아야 합니다.

도서출판 담다는 생각과 마음을 담은 원고 투고를 기다리고 있습니다. 작가의 꿈을 이루고 싶은 분은 이메일 damdanuri@naver.com으로 출간기획서와 원고를 보내주세요.

이 책은 대구출판산업지원센터의 '2025년 대구우수출판콘텐츠제작지원사업'에 선정되어 발행되었습니다.

도서출판담다